MOEWIG

Barbara Cartland

Hochzeit wider Willen

MOEWIG

Titel der Originalausgabe: The Unwanted Wedding
Aus dem Englischen von Eva Malsch

Umschlagentwurf und -gestaltung:
Werbeagentur Zeuner, Ettlingen
Umschlagillustration: Horst Maurmann
Printed in Germany 1996
Druck und Bindung: Elsnerdruck, Berlin
ISBN 3-8118-7407-1 (60er-Kassette)

Zum Buch

Das Verhältnis des Herzogs von Tynemouth mit Lady Aline Langstone erregt nicht nur den Unwillen des gehörnten Ehegatten, sondern auch den der Königin. Kurzerhand beschließt sie, den gutaussehenden Junggesellen mit einer entfernten Verwandten des Prinzgemahls zu verheiraten. Doch die schöne Aline hat andere Pläne: Honora, die junge, unerfahrene Nichte ihres Mannes, soll formell Herzogin von Tynemouth werden. An ihrer leidenschaftlichen Beziehung zu dem Herzog soll sich dadurch nichts ändern. Doch der Gedanke an eine Heirat unter solchen Umständen ist dem Herzog äußerst zuwider . . .

1

1845

Die Kerzen im Ballsaal des Buckingham-Palasts strahlten genauso hell wie die Diamanten der Damen, die mit ihren Tiaras, Colliers und Ohrringen einen hinreißenden Anblick boten, während sie sich im Rhythmus eines Wiener Walzers wiegten.

Obwohl die Königin schon drei Kinder geboren hatte, tanzte sie ebenso unermüdlich wie die anderen, und ihre Augen leuchteten vor Glück. Seit ihrer Hochzeit hatte sie ihrer Tanzleidenschaft nicht mehr so eifrig frönen können wie in jenen Tagen, bevor der ernsthafte, gesetzte stattliche Prinz Albert ihr Herz erobert hatte. Aber an diesem Abend gefiel die fröhliche Musik, die manchmal von den lebhaften Stimmen der Gäste übertönt wurde, sogar ihrem Gatten.

Nur ein einziger Gast schien die Tanzpaare gelangweilt und zynisch zu betrachten, und er zog unweigerlich alle weiblichen Blicke auf sich, immer wieder. Der Herzog von Tynemouth war nicht nur so hochgewachsen, daß man ihn in einer Menschenmenge unmöglich übersehen konnte, sondern auch sehr attraktiv. Seine unwiderstehliche Anziehungskraft hinterließ Heerscharen gebrochener Herzen, wohin ihn sein Weg führte. An diesem Abend trug er den Hosenbandorden und weitere Auszeichnungen auf der Brust, die er zum Großteil für seine außergewöhnliche

Tapferkeit erhalten hatte, und er sah wahrhaft königlich aus, während er seine Pflichten als Kammerherr Ihrer Majestät erfüllte.

Es war allgemein bekannt, daß die Königin gutaussehende Männer zu schätzen wußte. Zur Zeit ihrer Thronbesteigung war sie in den hübschen, verführerischen Lord Melbourne verliebt gewesen. Und nun glaubten manche Klatschbasen, sie würde trotz ihrer Zuneigung zu Prinz Albert großen Wert auf die ständige Anwesenheit des Herzogs legen.

Heute abend tanzte sie sogar mit ihm, ein Gunstbeweis, der in den Kreisen der anderen Höflinge nicht unbemerkt blieb. Allerdings wußten sie auch, daß sie dem Herzog damit ein zweifelhaftes Vergnügen bereitete. Er tanzte höchst ungern, und die Damen, die sein flatterhaftes Interesse zu erregen suchten, konnten ihn nur selten aufs Parkett locken.

Nachdem der Walzer verklungen war, zog er sich in eine Ecke des Ballsaals zurück und begann ein Gespräch mit einem der Generäle, der sich wie üblich über die Kürzung des Heeresbudgets beklagte. Deshalb atmete der Herzog von Tynemouth erleichtert auf, als er die Gräfin von Langstone auf sich zukommen sah. Sie zählte zu den schönsten Frauen Englands, und wie der Herzog fand, übertraf sie ihren Ruf heute abend noch.

Das Kleid mit dem weitschwingenden Rock betonte die unglaublich schmale Taille, die blendende weiße, mit Diamanten bestickte Spitzenborte am Ausschnitt die makellos geformten Schultern. Das Smaragdhalsband funkelte genauso geheimnisvoll und betörend wie ihre Augen.

Als sie neben dem Herzog stehenblieb, erinnerte er sich, daß er ihr erst vor wenigen Nächten gesagt hatte, sie wäre wie eine Tigerin im Dunkeln. Er fand diesen Vergleich äußerst passend angesichts ihrer wilden Leidenschaft und der Zielstrebigkeit, mit der sie auf die Jagd gegangen war, um ihn zu erobern. Eine Zeitlang war er ihr ausgewichen, allerdings nicht, weil sie ihm mißfallen hätte. Es war unmöglich, ihre magnetischen Reize zu ignorieren. Aber er hatte sich nicht mit der Gattin eines Mannes einlassen wollen, den er fast täglich im Buckingham-Palast traf.

Der Graf von Langstone war Oberhofmeister des Königs, und wenn der Herzog ihn auch langweilig und fast ebenso eigensinnig wie den Prinzen fand, hegte er nicht den Wunsch, sich mit diesem Mann zu verfeinden. Aber sobald die Gräfin ein Auge auf einen Mann geworfen hatte, fiel es diesem schwer, ihr aus dem Weg zu gehen. Und weil sie ihn so beharrlich verfolgt hatte, war der Herzog schließlich schwach geworden. Das bereute er keineswegs, doch er erklärte Aline Langstone immer wieder, sie müßten vorsichtig sein. Nur zu gut wußte er, daß die Klatschtanten einen Mann von seinem Ruf und eine so schöne Frau wie die Gräfin mit Argusaugen beobachteten.

„Um Himmels willen, Aline“, hatte er sie letzte Woche eindringlich gebeten. „Behandle mich höflich, aber kühl, wenn wir uns in der Öffentlichkeit sehen. Diesen Klatschmäulern entgeht keine noch so diskrete vertrauliche Geste.“

„Ich weiß, sie hassen mich, aber falls sie uns verdächtigen, so wäre es nicht meine Schuld.“

„Wer immer daran schuld wäre, das Ergebnis bliebe das gleiche. Man wird die Königin informieren, und du kannst dir vorstellen, wie sie auf einen solchen Skandal reagieren würde.“

„Allerdings“, hatte Aline mit scharfer Stimme erwidert. „Auch George kann sehr eifersüchtig sein.“

Wie schon so oft, dachte der Herzog auch an diesem Abend, daß es ein Fehler gewesen war, ein Verhältnis mit der Herzogin anzufangen – obwohl er nichts bedauerte. Nun war es zu spät. Er konnte keinen Rückzieher mehr machen. Und wie er sich ehrlich eingestand, wollte er das auch gar nicht.

Nie zuvor hatte er eine Frau gekannt, die so unersättlich in der Liebe und bei jeder Begegnung so erfinderisch war, um ihn zu beeindrucken. Sie amüsierte und faszinierte ihn und erschien ihm wie eine zweite Circe. Und dies, nachdem er im Lauf der Jahre die zynische Überzeugung gewonnen hatte, eine Frau sei wie die andere. Keine seiner verflossenen Liebhaberinnen war so aufregend gewesen wie Aline, und da er auf reichhaltige Erfahrungen zurückblicken konnte, war seine Bewunderung ein aufrichtig gemeintes Kompliment.

Die gehörnten Ehegatten hielt er für schrecklich gefühllos oder selbstsüchtig, denn bevor sie ihn trafen, schienen sich ihre Ehefrauen ihrer geheimen Sehnsüchte nicht bewußt gewesen zu sein. Vielleicht lag das daran, daß er mit den Frauen genauso rücksichtsvoll umging wie mit seinen Pferden. Niemals würde er ein Pferd reiten, ohne alles über das Tier zu wissen, von der Aufzucht bis zu den individuellen Eigenarten, von den Aversionen und Raffinessen, die man bei jedem Tier fand.

Was die Frauen betraf, verhielt es sich im Grunde genauso. Bei jeder ging er auf ihre persönlichen Eigenschaften ein und nahm sich die Mühe, herauszufinden, was sie erfreute, um sie glücklich zu machen.

„Ich liebe dich, ich liebe dich“, hatten ihm die Frauen unzählige Male zugeflüstert. Und wenn sie es nicht sagten, glaubte er, sie um die Wonnen der Liebe betrogen zu haben.

Nun überlegte er mit leicht gerunzelter Stirn, daß es ziemlich indiskret von Aline war, hier im Ballsaal seine Gesellschaft zu suchen, vor den Augen so vieler Gäste. Sie schien dem General interessiert zuzuhören, aber wie der Herzog wußte, fand sie seine Nähe ebenso aufreizend wie er die ihre.

Endlich tauchte ein rettender Engel in Gestalt einer älteren Dame auf, um den General anzusprechen. „Sir Alexander, ich halte schon den ganzen Abend nach Ihnen Ausschau“, sagte sie vorwurfsvoll. „Sie haben versprochen, mich zum Souper zu führen, und wenn wir jetzt nicht gehen, finden wir keinen Platz mehr.“

„Verzeihen Sie, daß ich Sie so lange warten ließ, meine Liebe“, erwiderte der General galant, bot ihr seinen Arm, und die beiden gingen davon.

Hastig wandte sich Aline Langstone an den Herzog. „Ich muß dich unbedingt sehen, Ulric.“

Er wollte sie schon wegen ihrer Indiskretion tadeln, aber der eindringliche Klang ihrer Stimme bestürzte ihn. „Ist irgend etwas nicht in Ordnung?“

„Das kann ich dir hier nicht sagen . . . Komm zu mir – morgen nachmittag – zum Tee . . . Es ist sehr wichtig.“

Nun hatte der Herzog in der Tat allen Grund zur Sorge. Bis jetzt war er dem Prinzip treu geblieben, niemals die Häuser seiner verheirateten Geliebten zu betreten. Das hatte ihm schon viele Unannehmlichkeiten erspart, denn die meisten Dienstboten fungierten als Spione ihrer Herren. „Das wäre unklug“, erwiderte er leise.

„Es gibt keine andere Möglichkeit . . . Und ich muß dich unbedingt sehen. Ich habe dir etwas mitzuteilen, das dich betrifft. Es geht um deine Zukunft.“

Verblüfft starrte er sie an. Als wüßte sie, daß er ihren Wunsch ohne Zögern erfüllen würde, wandte sie sich ab, um Freunde zu begrüßen, die soeben den Ballsaal betreten hatten.

Irritiert fragte er sich, was sie ihm sagen wollte und warum sie die Sache so dramatisierte. Es war wohl am besten, einen weiten Bogen um das Haus der Langstones am Grosvenor Square zu machen und zu hoffen, Alines wichtige Neuigkeit könnte bis zur nächsten heimlichen Begegnung warten. Wie der Graf wußte, würden sie sich am Wochenende bei einer Abendgesellschaft treffen. Und da würden sie bestimmt Gelegenheit finden, unbeobachtet miteinander zu sprechen, vielleicht sogar ein paar Küsse zu tauschen.

Andererseits war Ulric daran gewöhnt, daß die Frauen es nicht erwarten konnten, wieder in seinen Armen zu liegen.

„Wie soll ich eine ganze Woche überleben, ohne dich zu sehen?" lautete eine jammernde Frage, die er oft zu hören bekam und nie zu beantworten wußte.

Aber weil Aline bisher verhältnismäßig diskret war, hat sie mir vielleicht doch etwas Wichtiges zu erzählen, überlegte er, während er in einen anderen Teil des Ballsaals ging. Allerdings war es schon vielen Frauen ungemein ‚wichtig' gewesen, seine Zärtlichkeiten zu genießen und seine Lippen auf den ihren zu spüren.

So attraktiv er die Gräfin von Langstone auch fand – der Herzog hatte nicht die Absicht, einen überflüssigen Skandal heraufzubeschwören. Die Königin erwartete von den Untertanen, die ihr im Palast dienten, einen moralisch einwandfreien Lebenswandel. Er hatte sich schon oft ironisch gesagt, daß er im falschen Zeitalter geboren war. Unter der Herrschaft Georgs des Fünften, des Onkels Ihrer Majestät, hätte er das Leben bestimmt amüsanter gefunden. Damals waren Indiskretionen im Palast an der Tagesordnung gewesen, und jeder, der sich diskret verhalten hatte, war wie ein Weltwunder bestaunt worden.

Aber als die Königin, ein unschuldiges junges Mädchen, den Thron bestiegen hatte, war ihr jegliche Unmoral ein Greuel gewesen. Und nun machte ihr Gemahl, Prinz Albert, mit seiner deutschen Strenge und seinem lutherischen Gewissen den attraktiven Männern das Dasein noch schwerer.

„Verdammt!" hatte ein Freund des Herzogs einmal gerufen. „Wir könnten genausogut in ein Kloster gehen."

„Ich bezweifle, daß wir unsere Probleme auf diese Weise lösen könnten, Charles", hatte der Herzog spöttisch erwidert.

„Wenigstens würde ich dann nicht mehr Prinz Alberts Atem im Nacken spüren und ihn über die verlotterte Moral dieses Landes wettern hören – in einer Art und Weise, die nur zu deutlich ausdrückt, daß er *mich* meint."

„Vielleicht bist du überempfindlich."

„Unsinn! Du weißt genausogut wie ich, daß die Deutschen schrecklich intolerant sind, was menschliche Schwächen betrifft, und der Prinz bildet da keine Ausnahme."

Ulric hatte seinem Freund mehr oder weniger recht geben müssen.

Prinz Albert war im Herzen ein Coburger. Mochte er auch manchmal scheu und verlegen wirken – er achtete stets auf würdevolle Haltung und den Einfluß seines moralischen Gewissens. Sicher besaß er viele gute Eigenschaften, aber es mangelte ihm an Humor. Und weil er so übertrieben ernsthaft und respektabel war, fanden ihn viele leichtlebige Aristokraten entsetzlich langweilig.

Während Ulric die Gäste im Ballsal beobachtete, überlegte er, daß sich England in Gestalt dieser schönen Frauen und eleganten Männer, die ihre glitzernden Orden ganz unbefangen zu tragen wußten, von seiner besten Seite zeigte. Doch diese lässige Lebensart war dem Prinzen fremd, und so fühlte er sich in seinem eigenen Haus als Außenseiter.

Plötzlich verspürte der Herzog große Lust, zu gähnen und nach Hause zu gehen. Eigentlich müßte es jetzt genug sein. Für eine kleine Weile fand er die königliche Gesellschaft ganz nett, aber es störte ihn, daß man sich bei solchen Festen niemals zwanglos amüsieren konnte. Ginge es nach ihm, müßte ein Abend wie der heutige nicht allzuoft wiederholt werden.

Aline tanzte im Arm eines Generaladjutanten vorbei und warf ihm einen Blick zu, den er nicht mißdeuten konnte. Sekundenlang fragte er sich, ob dieser Ausdruck in ihren schönen grünen Augen vielleicht zu verräterisch war. Doch dann lachte sie ihren Partner an, und Ulric erkannte, daß niemand diesen Blick bemerkt hatte – und wenn doch, falsch verstehen würde. Wie hinreißend sie aussah . . . Ulric freute sich auf das Wochenende, wo sie unter einem Dach schlafen würden. Die Gastgeberin wußte, was man von ihr erwartete. Sicher würde sie so manchen heimlichen Liebespaaren auf subtile Weise zu einem ungestörten Beisammensein verhelfen.

Aber warum wollte er bis zum Wochenende warten, wenn Aline ihn für morgen zum Tee eingeladen hatte? Sicher mochte es ein Fehler sein, das Haus der Langstones zu besuchen, während sich der Graf in London aufhielt. Andererseits hatte sie mit solchem Nachdruck betont, wie wichtig die Angelegenheit wäre, daß Ulrics Neugier geweckt war. Und der Blick, den sie ihm soeben geschenkt hatte, verriet unmißverständlich, wie sehr sie sich nach ihm sehnte. Also gut, ich werde sie besuchen, beschloß er. Lächelnd verließ er den Ballsaal.

Am nächsten Nachmittag wartete die Gräfin von Langstone im großen L-förmigen Salon ihres Hauses am Grosvenor Square. Das Gebäude war nicht besonders attraktiv. Seit fast fünfzig Jahren befand es sich im Besitz der Familie, ohne daß man irgendwelche Modernisierungen vorgenommen hätte. Aber die Empfangsräume wirkten sehr eindrucksvoll und waren mit üppigen Blumenarrangements geschmückt. Und Aline wußte sehr wohl, welch exquisiten Rahmen die hohen Fenster mit den samtenen Fransenvorhängen und die vergoldeten französischen Möbel für ihre Schönheit bildeten.

Sie war von mehreren bekannten Malern porträtiert worden, aber keines der Bilder, die im Londoner Domizil ihres Ehemanns oder im Landhaus hingen – nicht einmal das im Schlafzimmer –, wurde ihr gerecht. Die Künstler hatten zwar ihre schimmernde weiße Haut festgehalten, das schwarze Haar mit den bläulichen Glanzlichtern und die ebenmäßigen Gesichtszüge. Aber keinem war es gelungen, die verführerische Ausdruckskraft ihrer Lippen oder die unwiderstehliche Herausforderung in ihren Augen einzufangen.

Während sie nun durch den Salon schlenderte, sah sie sich in mehreren goldgerahmten Spiegeln, beobachtete ihre anmutigen Bewegungen, die bezaubernden Linien ihres langen Halses.

Lange Hälse, schmale Taillen und Rundungen an den richtigen Stellen galten derzeit als die wichtigsten Attribute weiblicher Schönheit. Die Königin war zu klein, um diesem Ideal zu entsprechen, aber Aline verkörperte es in vollkommenem Maße, wie ihr der Herzog mehrfach versichert hatte.

Wie könnte ich es ertragen, ihn zu verlieren, fragte sie sich, während sie auf seine Ankunft wartete.

Als sie am Arm des imposanten und sehr bedeutsamen Grafen von Langstone in die Londoner Gesellschaft eingeführt worden war, hatte man ihr rückhaltlose, glühende Bewunderung gezollt, die jedem jungen Mädchen den Kopf verdreht hätte. Aline war da keine Ausnahme. Aber während sie hemmungslos geflirtet und die Herren zu Komplimenten herausgefordert hatte, war sie ihrem Gatten treu geblieben, zumindest bis sie ihm zwei Söhne geschenkt hatte. Nachdem diese Pflicht erfüllt war, warf sie sich in die Arme anderer Männer und konnte ihren Lebenswandel nur deshalb vor dem Grafen verbergen, weil er sie für gefühlskalt hielt. Er war in der Tat unfähig gewesen, das Feuer der Leidenschaft in ihr zu entzünden, dessen sanftes Flackern sie bei den intimen Zärtlichkeiten mehrerer Verehrer gespürt hatte, bis es dann in der ersten Liebesstunde mit dem Herzog hell emporgelodert war.

Seit sie ihn zum erstenmal gesehen hatte, eine herausragende Erscheinung in einer Schar anderer attraktiver, elegant gekleideter Herren, war sie fest entschlossen gewesen, ihn zu erobern. Er ließ sich nicht so leicht betören wie Alines vorangegangene Liebhaber, aber sie zweifelte nicht an ihrem Erfolg. Und als sie ihn endlich für sich gewonnen hatte, sah sie die Ahnung ihres Instinkts bestätigt – er war unvergleichlich. Andere Frauen hatten das auch schon empfunden, doch Aline erschien es wie eine Offenbarung. Nur ihr gesunder Menschenverstand hinderte sie daran, sich so heftig in Ulric zu verlieben, daß sie alle Vorsicht und Zurückhaltung vergessen hätte.

„Oh, warum bin ich dir nicht begegnet, als ich noch jung war“, hatte sie einmal geflüstert, „bevor ich George geheiratet habe?“

„Dann wärst du mir wohl kaum aufgefallen“, hatte er erwidert. „Ich finde junge Mädchen furchtbar langweilig.“

„Das ist nicht die richtige Antwort“, klagte sie. „Ich war zwar nicht so schön wie jetzt, aber hübsch genug, um ernsthafte Gefühle in George zu erwecken. Er hatte vor mir keine Frau geliebt und noch nie den Wunsch verspürt, eine Ehe einzugehen.“

Der Herzog widersprach ihr nicht und dachte wie schon so oft, daß er nicht heiraten würde, wenn es sich umgehen ließe. Obwohl er gern bereit war, die Gattinnen anderer Männer zu lieben und diesen Hörner aufzusetzen, bedrückte es ihn ein wenig, wie skrupellos manche Frauen die Ehe brachen. Sollte er tatsächlich einmal heiraten und betrogen werden, könnte er das nie entschuldigen. Er würde seine Ehre und seinen Familiennamen verteidigen und den Geliebten seiner Frau töten. Duelle waren zwar verboten, aber wenn es die Herren nicht wagten, sich bei Tagesanbruch im Hyde Park zu treffen, erschossen sie sich eben auf der anderen Seite des Kanals in Calais oder Boulogne. Aber wie so ein Duell auch immer durchgeführt wurde – es war eine höchst unangenehme Sache, und man ging einer solchen Konfrontation am einfachsten aus dem Weg, indem man ledig blieb.

Ulric war ein ausgezeichneter Pistolenschütze und wußte, daß jeder Ehemann, der sich von ihm hintergangen glaubte, zögern würde, ihn zum Duell zu fordern. Er selbst würde in einer solchen Situation nicht zaudern, aber da er aus jedem Duell als Sieger hervorgehen würde, hielt er es für unfair, sich auf einen so ungleichen Kampf einzulassen.

„Ich möchte nicht heiraten“, sagte er oft zu seinen Freunden.

„Red kein dummes Zeug!“ So ähnlich lauteten meist die Antworten. „Du weißt, daß du einen Erben zeugen mußt.“

„Damit habe ich es nicht eilig“, pflegte der Herzog zu entgegnen.

Nun war er schon dreiunddreißig Jahre alt, aber bisher war es ihm gelungen, Junggeselle zu bleiben, obwohl ihn die Eltern heiratsfähiger Töchter mit Einladungen überhäuften. Und die Mädchen, die ihm schmachtende Blicke zuwarfen, merkten nur zu deutlich, daß sie Luft für ihn waren. Nur weltgewandte, geistreiche Frauen konnten sein Interesse für längere Zeit fesseln. Gleichzeitig mußten sie sehr feminin sein, sanfte Stimmen und weiche, anschmiegsame Körper besitzen. Scharfzüngige Damen hatten ihn noch nie gereizt. Und vielleicht lag es an seiner aggressiven Männlichkeit, daß er gerade Gegensätze bevorzugte – zarte, zerbrechliche Frauen.

„Dieser Typ weckt vermutlich deinen Beschützerinstinkt“, hatte ein Freund einmal gespottet.

Der Herzog hatte zynisch gelächelt, denn er wußte sehr wohl, daß die meisten Damen, deren Gesellschaft er genoß, seines Schutzes nicht bedurften und sehr gut für sich selber sorgen konnten. Andererseits schauten sie zu ihm auf und akzeptierten seine Überlegenheit. Nicht nur das – sie liebten sein herrisches Wesen.

Am Morgen nach der Party im Buckingham-Palast stand der Herzog so zeitig auf wie immer und ritt in den Park. Dort traf er viel mehr Herren als Damen an, und er fragte sich, ob es nicht unverfänglicher gewesen wäre, wenn Aline ihn hier getroffen hätte, um ihm ihr großes Geheimnis mitzuteilen. Im Park wären sie vor den neugierigen Augen der Klatschbasen sicher gewesen. Doch dann sagte er sich, daß sie es nicht wagen durfte, allein auszureiten, ohne die Begleitung eines Reitknechts.

Nach dem Frühstück in seinem Haus an der Park Lane

sah Ulric ein paar Briefe durch, die ihm sein Sekretär zur Unterschrift vorgelegt hatte. Dann besuchte er eine Versammlung eines Vereins, den die Besitzer von Jagdhunden gegründet hatten. Das Treffen fand im Haus des Herzogs von Beaufort statt und beanspruchte Ulrics Zeit bis zum Lunch.

Statt nach Hause zurückzukehren, aß er im White's Club und hörte sich die neuesten Klatschgeschichten der Clubmitglieder an. Man unterbreitete ihm mehrere Vorschläge, wie er den Nachmittag verbringen könnte. Aber weil er um halb fünf in Langstone House erwartet wurde, ging er nur zum Lord's Cricket Ground und sah sich ein Kricketspiel an, bevor er zum Grosvenor Square fuhr. Mit zehnminütiger Verspätung traf er dort ein.

Die Gräfin war bereits nervös im Salon auf und ab gegangen und hatte sich gefragt, ob er nicht erscheinen würde, weil ein Besuch in diesem Haus gegen seine Prinzipien verstieß. Wie die meisten Frauen, mit denen er engere Beziehungen einging, fand sie es ungemein ärgerlich, daß man nie wußte, woran man bei ihm war. Falls er diese Einladung zum Tee für unpassend hielt, würde er nicht zögern, sie vergeblich warten zu lassen. Eine Unverschämtheit, wenn man bedachte, wie viele Männer schon vor ihr auf den Knien gelegen hatten, um nur ein einziges Zeichen ihrer Gunst zu erhalten . . . Aber bedauerlicherweise war es gerade diese Unberechenbarkeit, die sie an ihm so reizte. Und sie wußte es nur zu gut – so wütend sie auch sein mochte, er brauchte sie nur zu berühren, und sie würde in seinen Armen dahinschmelzen und nur noch daran denken können, wie sehr sie ihn begehrte.

„Nur der Himmel weiß, warum er so anders ist als alle Männer, die ich vor ihm gekannt habe!" flüsterte sie seufzend.

Sie blieb vor einem der großen Spiegel stehen und fand wieder einmal bestätigt, daß sie mit Recht als die schönste Frau der Londoner Gesellschaft galt. Dafür war sie ihrem Schicksal dankbar. Mit Hilfe ihrer beachtlichen Reize konnte sie jeden Mann fesseln, so lange sie wollte – mit Ausnahme des Herzogs. Jedesmal, wenn er sie nach leidenschaftlichen Stunden verließ, hatte sie das Gefühl, sie würde ihn vielleicht nie wiedersehen. Am liebsten würde sie ihn mit beiden Händen festhalten und zwingen, ihr ewige Liebe zu schwören. Doch sie war klug genug, um zu erkennen, daß sie ihn damit in die Flucht schlagen würde. Sie konnte ihn nur halten, wenn sie ihn glauben machte, er sei völlig frei. Aufgrund ihrer umfangreichen Erfahrungen mit dem männlichen Geschlecht wußte sie, wie sie Ulric behandeln mußte.

Aber weil er anders war als ihre früheren Liebhaber, wußte sie auch, daß er sich rücksichtslos von ihr trennen würde, wenn er das eines Tages wünschen sollte. Weder Tränen noch flehentliche Bitten würden ihn veranlassen, bei ihr zu bleiben . . .

„Natürlich liebt er mich", flüsterte sie ihrem Spiegelbild zu. „Es gibt keinen Zweifel." Doch der fragende Ausdruck in ihren Augen strafte den überzeugenden Klang ihrer Stimme Lügen.

Die Tür hinter ihr schwang auf, und sie drehte sich um. „Seine Gnaden, der Herzog von Tynemouth, Mylady", meldete der Butler.

„Was für eine angenehme Überraschung!" rief Aline und eilte dem Besucher mit ausgestreckten Händen entgegen. Dann wandte sie sich an den Butler. „Wir warten nicht auf die anderen Gäste, Dalton. Vermutlich werden sie sich verspäten. Also können Sie schon den Tee servieren."

„Sehr wohl, Mylady."

Nachdem sich der Butler entfernt hatte, zog der Herzog die Hand der Gräfin an die Lippen, dann zwinkerte er ihr zu. „Welche Gäste erwartest du denn noch?"

„Ach, ein paar Freunde", antwortete sie leichthin.

„Du bist eine Lügnerin – aber eine zauberhafte ... Und nun will ich endlich hören, warum du mich hierhergebeten hast."

„Setz dich." Aline nahm auf einem Brokatsofa mit Blumenmuster Platz, das einen perfekten Hintergrund für ihre Schönheit bot, und er ließ sich ihr gegenüber in einem Lehnstuhl nieder. Sie wartete, bis ein Lakai den Tee serviert hatte, dann vergaß sie die Tassen zu füllen, beugte sich vor und sagte leise: „Ich wollte dich so schnell wie möglich sehen, fand aber keine andere Möglichkeit, als dich in mein Haus einzuladen."

„Was kann denn so ungeheuer wichtig sein?" fragte Ulric. „Am Wochenende treffen wir uns ohnehin."

„Ich weiß, und ich freue mich schon sehr darauf, mein Liebling. Aber es ist etwas Schreckliches geschehen."

Wie schon am vergangenen Abend beunruhigte ihn ihre eindringliche Stimme. „Sprich endlich!" verlangte er ungeduldig.

Die Gräfin holte tief Atem. „Die Königin hat beschlossen, dich mit Prinzessin Sophie von Sachsen-Coburg und Gotha zu vermählen."

Er starrte sie an, als könnte er seinen Ohren nicht trauen. „Was? Wieso weißt du das?"

„Mein Mann hat es gestern morgen von Prinz Albert erfahren, der das alles arrangiert hat – das Mädchen ist seine Kusine."

„Bist du sicher?"

„Du weißt, das George niemals übertreibt. Selbstverständlich war er entzückt. Wie ich dir bereits sagte – er findet, wir beide sehen uns zu oft."

Der Herzog stand auf, trat vor den Kamin und starrte ins Feuer. Aber er sah nicht die Flammen, sondern das runde, nichtssagende Gesicht der Prinzessin Sophie vor sich, die er vor einem Monat im Buckingham-Palast kennengelernt hatte. Sie war von ihrem Vetter nach England eingeladen worden, und um ihren Gemahl zu erfreuen, hatte die Königin großes Aufheben um das Mädchen gemacht. Ulric war der Prinzessin mehrmals begegnet und hatte sich in ihrer Gesellschaft maßlos gelangweilt. Sie schien nicht besonders intelligent zu sein, und auch ihr Äußeres ließ zu wünschen übrig. Sie war zu dick, hatte rote Wangen, und ihre Kleidung brachte die Nachteile ihrer Figur ebenso zur Geltung wie die Frisur alle mißratenen Züge ihres Gesichts.

Er konnte sich kein schlimmeres Schicksal vorstellen als eine Ehe mit dieser Frau, noch dazu, wo die Mitglieder deutscher Familien wie Kletten zusammenzukleben pflegten und er gezwungen wäre, die Verwandtschaft seiner Gattin pausenlos in seinem Haus zu ertragen. Vermutlich waren diese Leute noch häßlicher und langweiliger als die Prinzessin.

Der Herzog schwieg so lange, daß Aline schließlich flüsterte: „Was wirst du tun?"

Er drehte sich zu ihr um. „Darüber denke ich gerade nach. Was, zum Teufel, könnte ich anderes tun, als mich zu weigern, ein Leben in der Hölle zu führen?"

„Ich wußte, daß du so reagieren würdest. Oh, Ulric, du mußt einen Ausweg finden!" Nach einer kleinen Pause fügte sie hinzu: „Deshalb sagte ich mir, daß du es sofort erfahren müßtest – bevor dir der Prinz und die Königin von ihren Plänen erzählen."

„Was ist bis jetzt geschehen? Wie weit ist dieses absurde Vorhaben schon gediehen?“

„Wie ich dem Bericht meines Mannes entnommen habe, schrieb Prinzessin Sophies Vater nach ihrer Heimkehr einen Brief an den Prinzen und erklärte, wie gut es ihr in England gefallen hätte. Und er deutete auch an, sie würde sehr gern einen Engländer heiraten.“ Sie warf einen kurzen Blick auf Ulrics gerunzelte Stirn und fuhr dann fort: „George glaubt sich sogar zu erinnern, daß Prinz Albert sagte, die Prinzessin hätte deinen Namen erwähnt. Offenbar hat ihr Vater geschrieben, sie wäre an einem Mann wie dem Herzog von Tynemouth interessiert.“

„Der Teufel soll mich holen, wenn ich sie heirate!“ stieß Ulric hervor.

„Liebling, dir wird nichts anderes übrigbleiben, nachdem die Königin so großen Wert darauf legt.“

„Wir leben in einem freien Land – in einer Demokratie!“

„Nicht, wenn es um die Wünsche der Königin geht. Und wenn der Prinz dasselbe Ziel hat wie seine Gemahlin, verfolgt er es mit typisch deutscher Beharrlichkeit.“

Der Herzog konnte Aline nicht widersprechen. Königin Victoria war sehr diktatorisch. Das bekam auch Prinz Albert zu spüren, und deshalb fügte er sich allen Wünschen seiner Gemahlin. Wie Ulric wußte, hatte der Prinz nach der Hochzeit angenommen, er wäre nun der Herr im Haus. Königin Victoria war anderer Ansicht. Sie suchte die Höflinge aus, die sie um sich haben wollte, und als ihr Mann einmal die Absicht äußerte, einen deutschen Privatsekretär zu engagieren, war sie strikt dagegen gewesen. Sie selbst hatte den jungen Mr. Anson ausgesucht, und daß der Prinz ihn jetzt als guten Freund betrachtete, war nur ein glücklicher Zufall. Niemand, der wie Ulric im

Buckingham-Palast ein und aus ging, konnte die tyrannischen Neigungen der Königin leugnen. Und obwohl er als Herzog in seiner eigenen Sphäre eine gewisse Macht ausübte, fürchtete er, eine Niederlage zu erleiden, wenn er sich ihren Wünschen zu widersetzen versuchte.

Eine Ehe mit Prinzessin Sophie war undenkbar. Andererseits hätte er schon längst damit rechnen müssen, daß ihn die Königin zu einer Heirat drängen würde. Als Sohn seines Vaters war er nicht nur der bedeutendste und reichste Herzog von England, sondern war durch seine Großmutter mütterlicherseits auch noch mit der königlichen Familie verwandt. Deshalb war die Regentin natürlich an einer Nachkommenschaft der Tynemouths interessiert.

Während er Prinzessin Sophies unscheinbares Gesicht vor seinem geistigen Auge sah und wieder die unerträglichen Platitüden aus ihrem Mund zu hören glaubte, konnte er nichts anderes tun, als sich in seinen Sessel zu werfen und verzweifelt zu fragen: „Nachdem du mir von dem Grauen berichtet hast, das sich über meinem Kopf zusammenbraut – weißt du vielleicht einen Ausweg?“ Ohne auf Alines Antwort zu warten, fügte er hinzu: „Ich könnte ins Ausland gehen.“

Sie schrie leise auf. „O nein, Ulric, ich will dich nicht verlieren! Ich habe bereits über alles nachgedacht, und ich glaube, es gibt nur eine einzige Lösung.“

„Und die wäre?“

„Es klingt wahrscheinlich verrückt, aber mir ist nur diese eine Möglichkeit eingefallen: Um einer Ehe mit Prinzessin Sophie und ständigen Reisen zwischen London und Sachsen-Coburg zu entgehen, mußt du jemand anderen heiraten.“

Er starrte sie an, als wäre sie wahnsinnig geworden. „Sagtest du – heiraten?“

„Ja, Liebling. Ich sagte bereits: Es klingt verrückt. Andererseits müßte dir eine hübsche, nette junge Engländerin doch eher zusagen als Prinzessin Sophie mit ihrer deutschen Verwandtschaft."

„Ich will weder Prinzessin Sophie noch sonst jemanden heiraten."

„Das weiß ich. Aber es wäre doch angenehmer, wenn du dir deine Frau selbst aussuchen könntest, statt eine Ehe mit Prinzessin Sophie führen und dir von morgens bis abends Prinz Alberts Moralpredigten anhören zu müssen."

Dieser logische Einwand war nicht von der Hand zu weisen. Ulric schwieg eine Weile und sagte dann widerstrebend: „Eigentlich müßte schon eine Verlobung reichen, um das königliche Paar davon abzuhalten, mir diese absurde Heirat zu befehlen."

„Vielleicht", meinte Aline zögernd, „aber so schrecklich mir dieser Gedanke auch ist – irgendwann mußt du sowieso heiraten."

„Das hat noch lange Zeit."

„O nein! Du kannst es dir nicht leisten, das jahrelang vor dir herzuschieben. Dafür wird die Königin sorgen."

Nach einer weiteren Pause erkundigte er sich mürrisch: „Und welche Braut schlägst du mir vor? Ich kenne kein junges Mädchen, das in Frage käme."

„Das ist mir klar, und du hast auch keine Zeit dafür, eine junge Dame zu umwerben. Wenn du dich vor der Prinzessin retten willst, muß die Verlobung so schnell wie möglich bekanntgegeben werden."

„Könnte ich nicht eine Frau erfinden, die ich nie gesehen habe und die es gar nicht gibt?" fragte Ulric hoffnungsvoll.

„Natürlich nicht", erwiderte Aline. „Aber ich habe

schon jemanden ins Auge gefaßt. Du könntest deine Verlobung schon übermorgen ankündigen."

Der Herzog schluckte. „Ich bin vielleicht etwas begriffsstutzig, Aline – aber ich verstehe nicht, wieso du auf solche Gedanken kommst und warum du so an meiner Heirat interessiert bist."

„Sei nicht so dumm! Ich liebe dich, Ulric, das weißt du, und ich werde alles tun, um unser gemeinsames Glück zu bewahren. Wenn du die Prinzessin heiratest, könnten wir uns nie mehr sehen – zumindest nicht allein." Sie seufzte leise auf. „Sicher ist dir bekannt, daß der Königin nichts entgeht, was in ihrem Haushalt geschieht. Also wird sie auch herausgefunden haben, welche Beziehung einer ihrer Kammerherren mit der Gräfin von Langstone unterhält, obwohl wir immer sehr diskret waren. Wenn du durch eine Ehe mit Sophie zum engeren Familienkreis zählen würdest, müßten wir uns trennen."

Der Herzog wußte, wie recht sie hatte. Aber da er keinen Sinn darin sah, ihr bloß zuzustimmen und sonst nichts zur Diskussion beizutragen, blieb er stumm.

„Als George mir diese fatale Eröffnung gemacht hatte, ließ ich mir das alles durch den Kopf gehen", fuhr sie fort. „Und ich gelangte zu der Überzeugung, daß sich die Königin nicht in dein Privatleben einmischen kann, wenn du dir eine Frau außerhalb des höfischen Kreises suchst. Was mir vorschwebt, würde uns sogar ermöglichen, noch öfter beisammen zu sein als bisher."

Ulrics Augen verengten sich. „Und wer ist dieses Mädchen?"

„Schau nicht so böse drein! Ich sehe keine andere Möglichkeit für dich." Während die Gräfin weitersprach, erhob sie sich von ihrem Sofa, kniete neben dem Stuhl nieder, in dem Ulric saß, und hob ihr schönes Gesicht zu ihm empor. „Ich liebe dich, und eine Trennung von dir könnte ich nicht ertragen. Aber sie ließe sich nicht verhindern, wenn die Königin und der Prinz ihren Willen durchsetzen . . .“ Sie konnte den Satz nicht beenden, denn der Herzog nahm sie in die Arme, küßte sie leidenschaftlich und fordernd – beinahe brutal, weil er so erbost war. Die Glut, die unter der Oberfläche schwelte, wann immer sie beisammen waren, verwandelte sich in ein helles Feuer. Er zog Aline auf seinen Schoß, und sie fühlte den heftigen Schlag seines Herzens. Erst das Geräusch einer Kohle, die im Kamin auf den Rost fiel, brachte die Liebenden wieder zur Besinnung und machte ihnen klar, was sie riskierten.

„Wir – wir müssen vernünftig sein“, flüsterte Aline mit erstickter Stimme. „Aber – das fällt mir schwer, wenn du mich so küßt . . .“

„Ich sehne mich so nach dir. Wie schrecklich, daß wir bis zum Wochenende warten müssen . . .“

„Ich weiß – aber davor hast du eine ganze Menge zu tun . . .“ Aline war immer noch außer Atem. Sie holte tief Luft, dann befreite sie sich aus den Armen des Herzogs und kehrte zum Sofa zurück. Nachdem sie sich gesetzt hatte, legte sie ihre Fingerspitzen an die Schläfen, mit einer anmutigen Geste, die Ulric keineswegs entging. „Du darfst mich nicht daran hindern, dir von meinen Plänen zu erzählen – denn wenn ich deine heißen Küsse spüre, kann ich an nichts anderes denken als an dich.“

„Es ist einfach wundervoll, dich zu küssen.“ Während er sprach, hatte er wieder eine Vision von Prinzessin Sophies dickem, ausdruckslosem Gesicht und erkannte, daß alles – und mochte es noch so unangenehm und grotesk sein – einer Ehe mit dieser Frau vorzuziehen wäre.

„Das Schicksal scheint uns in die Hände zu spielen“, begann die Gräfin, „denn wenn ich ursprünglich auch dagegen war – morgen wird Georges Nichte aus Florenz hier eintreffen."

„Seine Nichte?" fragte er fast automatisch. Er hörte ihr nur mit halbem Ohr zu und dachte wieder einmal, was für eine magnetische Anziehungskraft seine Geliebte besaß. Wie immer hatte sie ihn so sehr erregt, daß ihm nichts anderes wichtig erschien als der Wunsch, sein Verlangen zu stillen.

„Sie heißt Honora", fuhr Aline fort. „Du erinnerst dich wohl kaum an Georges Bruder. Er war allgemein beliebt, führte ein extravagantes Leben und hatte unzählige Freunde. Unglücklicherweise starb er bei einem Jagdunfall."

„Ich habe mal von ihm gehört", erwiderte der Herzog desinteressiert.

„Seine Frau starb schon vor Jahren. Der arme Harry hinterließ Honora nichts außer einem gewaltigen Schuldenberg, und so mußte George den Lebensunterhalt für seine Nichte bezahlen. Sie war damals sechzehn, ein hübsches kleines Ding."

„Und was ist aus ihr geworden?" fragte Ulric, immer noch ziemlich gleichgültig.

„Da ich weder Zeit noch Lust hatte, mich um ein junges Mädchen zu kümmern, überredete ich meinen Mann, Honora nach Florenz auf eine Schule für höhere Töchter zu schicken. Jetzt ist sie achtzehn, und die Internatsleitung weigert sich, ihr noch länger Obdach zu gewähren. Deshalb kommt sie morgen zu uns."

„Und du schlägst mir allen Ernstes vor, dieses Mädchen zu heiraten?"

„Ich finde diese Idee sehr vernünftig."

„Vernünftig?"

„Liebling, weißt du eine andere Möglichkeit, der Prinzessin zu entgehen? Weder George noch ich werden Einwände erheben. Wir könnten die Verlobung sofort bekanntgeben.“

„Wie kann ich eine junge Dame heiraten, die eben erst aus dem Internat entlassen wurde und keine Ahnung vom Leben und von den Erwartungen hat, die in sie gesetzt werden?“

Die Gräfin lächelte. „Ist das etwa kein Vorteil? Sei nicht so albern, Ulric! Da sie nichts vom gesellschaftlichen Leben weiß, können wir unsere Liaison ungehindert fortsetzen. Wenn ihr verheiratet seid, wird sie mit euren Kindern auf dem Land wohnen. Ihr müßt mindestens ein halbes Dutzend bekommen! Und du wirst so frei sein wie eh und je.“

Der Herzog starrte sie an. „Das ist das wahnwitzigste Angebot, das mir jemals gemacht wurde . . .“

Aline zuckte anmutig mit den Schultern. „Ich wollte dir nur helfen. Vielleicht möchtest du lieber mit der Königin über all das diskutieren?“

„Du weißt, daß das unmöglich ist“, stöhnte er.

„Wann gehst du das nächstemal in den Buckingham-Palast?“

„Am Donnerstag muß ich wieder meine höfischen Pflichten wahrnehmen.“

„Vielleicht wird dir die Königin dann schon mitteilen, was sie beschlossen hat. Und wenn sie deiner Heirat mit Prinz Alberts reizender Kusine ihren königlichen Segen gibt, wie kannst du dich da weigern, die Wünsche deiner Herrin zu erfüllen?“

Der Herzog schwieg, weil Aline, so ärgerlich das auch sein mochte, die Wahrheit sagte. Niemand, der dem königlichen Haushalt angehörte, durfte sich Königin Victorias und Prinz Alberts Absichten widersetzen, ohne Gefahr zu laufen, für längere Zeit vom Hof verbannt zu werden, vielleicht sogar für immer. Das hatten schon viele unglückliche Hofdamen und -herren erfahren müssen, die eines mehr oder weniger schweren Vergehens überführt worden waren.

„Es muß einen anderen Ausweg geben", sagte er.

„Mir fällt keiner ein."

Nach einer langen Pause begann er zögernd: „Du sagst, Georges Nichte kommt morgen an . . . Und wenn sie mich nicht heiraten will?"

Aline lachte. „Glaubst du das? George und ich werden ihr einreden, wie glücklich sie sich schätzen muß, eine so gute Partie zu machen. Da sie kein Geld hat, muß sie tun, was wir ihr sagen – oder verhungern."

„Du verstehst es fast genausogut wie die Königin, anderen deinen Willen aufzuzwingen."

„Nun – du mußt ja wissen, mit wem du lieber eine *engere* verwandtschaftliche Beziehung eingehen willst – mit der Königin oder mit mir." Sie hatte mit besonderer Bedeutung gesprochen, und als sie sich in die Augen schauten, wußte jeder, was der andere empfand. „Hoffentlich siehst du jetzt ein, daß wir uns ohne große Schwierigkeiten sehen könnten, wenn du Honora heiratest – so oft wir wollen. Nicht einmal George könnte uns Steine in den Weg legen. Die Wochenenden würden wir entweder in deinem oder in unserem Haus verbringen. Und da Honora keine Freunde in London hat, wird sie natürlich ständig die Gesellschaft ihres Onkels und dessen Frau suchen."

„Das ist das einzig Gute in dieser ganzen Trickkiste", stieß der Herzog hervor.

„Und das Wichtigste", ergänzte Aline sanft.

Er stand auf, und sie fragte sich bestürzt, ob er sie schon verlassen wollte. Aber er ging nur zur Tür, um sie zu versperren, dann kam er zu ihr, ergriff ihre Hände und zog sie auf die Beine. Voller Leidenschaft riß er sie an seine Brust und küßte sie, bis beide keinen anderen Gedanken mehr kannten als die heiße Sehnsucht, die durch ihre Adern strömte und ihnen nicht nur ein köstliches Glück schenkte, sondern auch süße Qualen bereitete. Und während sich der Herzog seinen Gefühlen überließ, tauchte im Hintergrund seines Bewußtseins die vage Erkenntnis auf, daß er einen sehr hohen Preis für seine Freiheit bezahlen mußte.

2

Honora reiste mit drei Mitschülerinnen und in Begleitung einer Nonne nach London. Je näher sie ihrem Ziel kam, desto größer wurde ihr Unbehagen. Da sie während ihres zweijährigen Aufenthalts in Florenz kaum Kontakt zu ihrem Onkel und ihrer Tante gehabt hatte, bezweifelte sie, daß man sie mit offenen Armen aufnehmen würde. Im Vorjahr hatte sie den beiden geschrieben, sie könnte nicht auf der Schule bleiben, weil ihr achtzehnter Geburtstag bevorstünde. Der Sekretär ihres Onkels hatte geantwortet, der Graf würde die Mutter Oberin bitten, seine Nichte für ein weiteres Jahr zu beherbergen. Honora hatte das sehr peinlich gefunden, da sie ohnehin schon der älteste Internatszögling gewesen war – und der klügste. Deshalb hatte sie die Mutter Oberin gebeten, ihre schulischen Leistungen nicht mehr zu zensieren, um den anderen Mädchen Kränkungen zu ersparen.

„Wie selbstlos du bist, Honora!“ hatte die Mutter Oberin entgegnet. „Aber dieses Problem stellt sich gar nicht.

Wir können die Regeln unseres Internats keinesfalls wegen eines einzigen Mädchens ändern."

„Ich weiß, Ehrwürdige Mutter, aber was soll ich tun? Meine Tante ist sehr schön und noch ziemlich jung. Sie ist nicht bereit, als mein Chaperon zu fungieren, und sonst habe ich keine Verwandten."

Ein wehmütiger Ausdruck war in die Augen der Mutter Oberin getreten, denn sie wußte nur zu gut, warum die Gräfin von Langstone, eine anerkannte Schönheit in Londoner Gesellschaftskreisen, ihre Nichte nicht bei sich haben wollte. Sie würde jede einigermaßen attraktive Frau als Rivalin betrachten. Und Honora war nicht nur äußerlich schön – sie besaß auch eine fleckenlose Seele. Niemand im Internat konnte die jüngeren Mädchen günstiger beeinflussen, niemand wurde so glühend bewundert.

Wäre Honora ihre eigene Tochter, hätte sich die Mutter Oberin große Sorgen gemacht, weil das Mädchen nun aus den sicheren Klostermauern in die vergnügungssüchtige Londoner Gesellschaft hineinkatapultiert werden sollte. Andererseits wußte jeder, was für ein tugendhaftes Leben die Königin von England und ihr Gemahl, Prinz Albert, führten.

Inständig hoffte die Oberin, daß Honora, die sie von Herzen liebgewonnen hatte, einen anständigen Mann heiraten würde und keinen vom Kaliber der königlichen Onkel, die ganz Europa schockiert hatten.

„Glaub mir, Honora, wir lassen dich nur ungern gehen", sagte sie, „doch unsere Regeln zwingen uns dazu. Deshalb können wir den Wünschen deiner Verwandten nicht entsprechen. Um eins möchte ich dich bitten – wohin immer du gehst, was immer du tun wirst: Erinnere dich stets an alles, was du hier gelernt hast, und folge der Stimme deines Gewissens."

„Ich will es versuchen, Ehrwürdige Mutter."

Die anderen Mädchen, die ihre Ferien in Paris, Rom, Madrid und anderen Weltstädten verbracht hatten, schwärmten von fröhlichen Parties, Bällen und Empfängen. Flüsternd unterhielten sie sich über attraktive Männer, die ihnen ihre Aufmerksamkeiten geschenkt hatten, obwohl die bewunderten jungen Damen noch zur Schule gingen.

Ich weiß so wenig von solchen Dingen, sagte sich Honora hilflos. Sie hoffte – wenn sie es auch für unwahrscheinlich hielt –, ihre Tante würde ihr beistehen und sie in die Gesellschaft einführen, so wie ihre Mutter es getan hätte.

Wenn doch Papa noch leben würde, dachte sie wehmütig während der Schiffsreise von Frankreich nach England. Sie erinnerte sich genau, wie gut er ausgesehen und wie fröhlich er über alles gelacht hatte, sogar über seine Schulden. „Irgend etwas wird sich schon ergeben", hatte er gesagt, wenn er von seinen Gläubigern bedrängt worden war, und sich nicht sonderlich für die Frage interessiert, woher das dringend benötigte Geld kommen sollte.

„Papa, das ist der Standpunkt eines notorischen Spielers", hatte sie ihm einmal vorgehalten.

Und Harry Lang hatte fröhlich erwidert: „Das ganze Leben ist ein Spiel. Manchmal ist man oben, manchmal unten. Man muß das mit philosophischer Ruhe hinnehmen und darf nie aufhören, auf einen Gewinn zu hoffen."

Weil seine unerschütterliche Heiterkeit so ansteckend war, hielt sie es für sinnlos, mit ihm zu streiten. Es war einfacher, mit ihm zu lachen und sich einzureden, er würde ganz bestimmt die richtigen Karten bekommen, wenn er das nächstemal am Spieltisch saß. Aber bevor er bei einem Jagdunfall gestorben war, hatten ihm weder die Karten noch die Pferde Glück gebracht.

Honora wußte nur zu gut, welch hohe Summe ihr Onkel hatte zahlen müssen, um die Schulden ihres Vaters zu begleichen. Und daß sie es nie vergaß – dafür sorgte Aline.

„Ich hoffe, du bist uns dankbar“, hatte sie vor Honoras Abreise nach Florenz mit scharfer Stimme gesagt.

„Natürlich bin ich euch von ganzem Herzen dankbar, Tante Aline.“

„Es kostest uns eine schöne Stange Geld, dich ins vornehmste und teuerste Internat Europas zu schicken.“

Um sich dieser hohen Ausgaben würdig zu erweisen, stürzte sich Honora mit Feuereifer in ihre Studien. Sie lernte nicht nur Französisch, Deutsch und Italienisch, sondern auch Malen, Klavierspielen und Reiten – und, was für ihre künftigen Auftritte in der Gesellschaft am wichtigsten war – Tanzen.

Wie es der Tradition entsprach, wurde das Internat von Nonnen betrieben, aber sie ließen ihre ausschließlich aristokratischen Zöglinge von den besten weltlichen Lehrern unterrichten.

Sobald Honora ihr Heimweh und den Verlust ihres Vaters einigermaßen verschmerzt hatte, wurden diese Studien ihr ganzer Lebensinhalt und bereiteten ihr große Freude. Sie zählte zu den wißbegierigsten Schülerinnen, denn sie erinnerte sich nur zu gut an die Worte ihres Vaters. „Um Himmels willen, mein Liebes, paß auf, daß du später nicht nur von dir selber, sondern auch über andere Dinge reden kannst! Ein hübsches Gesicht ist zwar ein beachtlicher Vorzug, aber die schönsten, unwiderstehlichsten Lippen beginnen einen Mann bald zu langweilen, wenn sie nur banales Zeug von sich geben.“

Sie hatte gelacht, wie er es erwartet hatte, hatte aber gewußt, wie ernst dieser Ratschlag gemeint war.

Nach dem Tod ihrer Mutter waren mehrere schöne

Frauen aufgetaucht, um Papa zu trösten, und Honora hatte sie interessiert beobachtet. Sie war auf diese Damen nicht eifersüchtig gewesen wie so viele Töchter verwitweter Väter, die weibliche Gesellschaft suchten. Denn sie hatte gewußt, daß sie stets einen unanfechtbaren Platz in seinem Herzen haben würde.

„Sieh zu, daß du erwachsen wirst, Püppchen", hatte er gesagt. „Dann werden wir viel Spaß miteinander haben. Aber eins muß ich dir schon jetzt klarmachen: Ich werde ein strenger Chaperon sein und keinem erlauben, dich zu umwerben, wenn er zur falschen Männersorte gehört."

„Und was ist die falsche Männersorte, Papa?"

„Ich glaube, wenn ich nicht dein Vater wäre, müßte man mich auch dazu rechnen."

„O nein, Papa!"

„Doch. Du mußt allen Männern aus dem Weg gehen, die in erster Linie an ihr Vergnügen denken und eine Frau nur heiraten wollen, weil sie Geld oder eine bedeutsame gesellschaftliche Stellung hat."

Honora runzelte verwirrt die Stirn, und er erklärte: „Ein Mann muß dich um deiner selbst, um deiner Persönlichkeit willen lieben. So wie ich deine Mutter geliebt habe. Sie war nicht nur die schönste Frau, die ich je kannte, sondern auch die anbetungswürdigste." Seine heisere Stimme verriet ihr deutlich genug, wie schmerzlich er seine Frau vermißte. „Ich liebte sie über alles, und das ist die reine Wahrheit", fuhr er fort. „Wir hatten nie Langeweile, weil wir über die gleichen Dinge lachten, weil der eine den Geist des anderen anregte. Und gerade das ist besonders wichtig. Darauf mußt du bei der Wahl deines künftigen Ehemanns achten – auf diesen Gleichklang der Seelen."

„Und wenn ich mich in einen Mann verliebe, der mich nicht heiraten will?"

„Er wird schon wollen – aber fall ihm nicht in die Arme wie ein überreifer Pfirsich! Er soll um dich kämpfen, dann wird er dich um so mehr zu schätzen wissen, wenn er dich erobert hat."

Honora verstand, was ihr Vater meinte. Und wenn sie die schönen Frauen beobachtete, die den attraktiven Mann ständig umschwirrten und mit viel zu offensichtlichen Tricks zu betören suchten, fand sie das nicht nur peinlich, sondern albern. Sie konnte ihm nachfühlen, daß er diese Damen auslachte. Und wenn er sich hin und wieder von einer becircen ließ, war die Liaison nie von langer Dauer.

„Langweilst du dich mit Lady Studleigh?" fragte die damals dreizehnjährige Honora ihn einmal.

Er schien zu zögern, bevor er entgegnete: „Du hast mir eine sehr direkte Frage gestellt, und ich will dir eine ebenso direkte Antwort geben. Ja. Sie ist eine schreckliche Langweilerin, und ich wünschte, sie würde mich nicht mehr belästigen."

Weil die Dienstboten klatschten, erfuhr Honora, daß Lady Studleighs Reitknecht fast täglich parfümierte Briefe abgab. Nach einiger Zeit machte sich Papa nicht mehr die Mühe, die Kuverts zu öffnen.

Als er eines Tages ausgegangen war, kam Lady Studleigh zu Besuch und ging in den Salon, wo Honora saß. „Wo ist dein Vater?"

Honora hatte die Ankunft der Dame nicht bemerkt, weil sie in ein Buch vertieft war. Hastig sprang sie auf und knickste. „Verzeihen Sie, Lady Studleigh, ich hörte Sie nicht hereinkommen."

Zweifellos war die Lady wunderschön. Sie trug einen modischen Hut, unter dem ihr rotes Haar schimmerte, und der elegante grüne Seidenmantel stand ihr ausnehmend gut. Ihr heller Teint bildete einen interessanten Kontrast zu den dunkelgrünen Augen, und Honora begriff nicht, wie sich ihr Vater mit einer solchen Frau langweilen konnte. „Papa ist leider nicht da“, erklärte sie.

„Wann immer ich ihn sehen will, ist er ausgegangen“, seufzte Lady Studleigh. „Wann kommt er zurück?“

„Das weiß ich nicht. Ich glaube, er ist nach Raneleigh gefahren.“

„Bestimmt nicht allein!“ stieß Lady Studleigh mit scharfer Stimmer hervor. Plötzlich sank sie in einen Sessel und klagte in völlig verändertem Tonfall. „Was soll ich machen? O Gott, was soll ich nur machen?“

Honora fühlte sich sehr unbehaglich und wußte nicht, was sie entgegnen sollte. Sie sah, wie sich die schönen Augen Lady Studleighs mit Tränen füllten, die mit einem Spitzentüchlein weggewischt wurden. Dann erhob sich die Besucherin und ging zur Tür, wo sie sich noch einmal umdrehte. „Wenn dein Vater zurückkommt, sag ihm, er soll zu mir kommen, wenn er noch einen winzigen Funken Mitgefühl und einen Rest von Anstand besitzt. Ich muß ihn unbedingt sehen – verstehst du das?“

„Natürlich“, antwortete Honora. „Ich werde es ihm ausrichten.“

Die schöne Frau sagte nichts mehr und verließ den Salon, und Honora schaute ihr voller Mitleid nach.

Sie wußte, daß sich Papa seit einiger Zeit für eine andere Dame interessierte. Als er in bester Laune heimkehrte, erzählte ihm seine Tochter, was geschehen war.

„Noreen Studleigh hat kein Recht, hier hereinzuschneien und dich mit ihrem Kummer zu belasten“, meinte er. „Die meisten Frauen scheinen einfach nicht zu begreifen, wann ein Spiel zu Ende ist.“

„Ist es nur das, Papa? Ein Spiel?“

„Allerdings. Ein Spiel, bei dem sich zwei Menschen vergnügen, ohne Verpflichtungen und ohne Reue."

„Aber Lady Studleigh hat geweint, Papa."

„Frauen weinen sehr schnell, wenn sich ihre Wünsche nicht erfüllen. Wenn du mich für hartherzig hältst, so tut es mir leid, Honora, aber ich bin außerstande, ihr zu helfen."

„Wäre es nicht besser, wenn du mit ihr sprechen würdest?"

„Nein – eher noch schlimmer. Sie will etwas, das ich ihr nicht geben kann."

Honora schwieg nachdenklich, dann fragte sie: „Ist das Liebe, Papa?"

„So könnte man's nennen", entgegnete er. „Aber die Liebe ist etwas, das sich nicht auf- und abdrehen läßt wie eine Lampe, Püppchen. Entweder ist sie da, oder sie ist nicht da, und weder Tränen noch Worte noch flehende Bitten würden etwas daran ändern."

Als Honora wieder allein war, gelangte sie zu der Überzeugung, daß Papa recht hatte.

Gefühle kann man nicht herbeizwingen, hatte sie sich gesagt, und mit der Liebe muß es genauso sein.

Daran erinnerte sie sich jetzt, während sie in einer Kutsche zum Grosvenor Square fuhr, und sie überlegte, wie schwer es ihr fallen würde, Tante Aline zu lieben. Ich muß es versuchen, nahm sie sich vor, denn mein Onkel und meine Tante sind die einzigen Menschen, die ich auf dieser Welt noch habe.

Sie verabschiedete sich von Schwester Benedict und den anderen Mädchen, die mit ihr nach London gereist waren. Dabei hatte sie das Gefühl, allem Lebewohl zu sagen, was ihr lieb und vertraut war, und eine fremde, unberechenbare, gefährliche Welt zu betreten.

In der Halle des großen Hauses wurde sie von Butler Dalton begrüßt.

„Wie schön, Sie wieder daheim zu sehen, Miß Honora! Ich hoffe, Sie hatten eine angenehme Reise."

„Ja, danke. Ist mein Onkel da?"

„Er wird bald heimkommen, Miß. Ihre Ladyschaft erwartet Sie im Salon."

Er führte sie eine elegante, reichgeschnitzte Treppe hinauf und öffnete schwungvoll eine Mahagonitür. „Miß Honora, Mylady!" meldete er.

Honora sah ihre Tante am anderen Ende des Raumes sitzen. Trotz des warmen Frühlingswetters brannte ein Feuer im Kamin, und der Duft von Treibhausblumen hing in der Luft. Die Gräfin, strahlend schön in einem karmesinroten Seidenkleid, blickte ihrer Nichte entgegen, die zögernd auf sie zuging. In den dunklen Augen lag keine Wiedersehensfreude, und Honora spürte, wie sich ihre Kehle zusammenkrampfte.

Wenn sie es auch nicht wußte – sie war viel schöner, als ihre Tante vermutet hatte.

„Da bist du also", sagte Aline in einem Tonfall, der keine allzu große Freude ausdrückte.

Honora knickste. „Tut mir leid, daß ich mich verspätet habe, Tante. Die Reise über den Kanal dauerte länger als erwartet, denn wir hatten eine sehr stürmische Überfahrt."

Die Gräfin musterte sie von oben bis unten. „Ich nehme an, du willst dich umziehen. Aber ich möchte ausgehen und würde vorher gern mit dir reden. Also setz dich und hör mir zu."

„Ja natürlich, Tante Aline." Gehorsam nahm Honora auf einem Stuhl gegenüber der Hausherrin Platz. Voller Bewunderung betrachtete sie das schöne Bild, das sich ihren Augen bot. Ein effektvolles Bild, das wohl kaum auf einen Zufall zurückzuführen war . . . Im Petit-Point-Motiv des Sesselbezugs wiederholte sich das Rot des Kleides, das dunkle Haar hob sich von weißen Lilien in einer großen Vase ab. „O Tante Aline!“ rief das Mädchen impulsiv. „Du siehst aus, als würdest du in den Florentiner Uffizien hängen!“

Für ein paar Sekunden wurde Alines Blick etwas weicher, denn sie fand es durchaus schmeichelhaft, mit einem Gemälde aus dieser berühmten Galerie verglichen zu werden. Dann schaute sie auf die Uhr. „In fünf Minuten muß ich gehen. Was du erfahren mußt, ist schnell gesagt.“

„Worum geht es denn?“ Honora hatte das beklemmende Gefühl, die nächsten Minuten würden ihr ganzes Leben verändern. Durfte sie nicht hierbleiben? Sollte sie wieder weggeschickt werden?

Ein kurzes Schweigen entstand, als müßte die Gräfin nach Worten suchen. Schließlich begann sie mit kühler Stimme: „Das Schicksal meint es außerordentlich gut mit dir, Honora. Ich kenne kein Mädchen, das eben erst aus der Schule entlassen wurde und sich so glücklich schätzen könnte wie du in diesem Augenblick.“

Honora blinzelte verwirrt. Sie war sehr feinfühlig, und sie ahnte – obwohl die Worte ihrer Tante triumphierend klangen –, daß etwas Schreckliches auf sie zukam. Deshalb gab sie keine Antwort und schaute die Gräfin fragend an. Ihre grauen Augen und ihr schimmerndes, hellblondes Haar schienen den Sonnenschein einzufangen, der durch die hohen Fenster hereinfiel. Während der Reise hatten sich ein paar Löckchen gelöst und blitzten nun unter dem Hut hervor.

„Vielleicht überrascht es dich“, fuhr Aline fort, „aber du wirst den Herzog von Tynemouth heiraten.“

Zunächst traute Honora ihren Ohren nicht. Sie mußte ihre Tante mißverstanden haben. Ganz sicher. Ungläubig starrte sie die schöne Frau an, wartete auf eine Erklärung, eine Berichtigung, und als sie nichts dergleichen hörte, stotterte sie: „S-s-sagtest du, ich – ich soll heiraten?“

„Ja – den Herzog von Tynemouth, den reichsten und vornehmsten Junggesellen von ganz England! Nie zuvor ist einem so unbedeutenden Mädchen wie dir eine solche Ehre widerfahren.“

„Aber – ich kenne ihn doch gar nicht!“

„Was spielt denn das für eine Rolle!“ rief Aline ärgerlich. „In zwei Stunden, wenn ich zurückkomme, wird er dich besuchen. Morgen wollen wir die Verlobung bekanntgeben.“

Hilflos hob Honora die Hände. „Ich – ich verstehe das alles nicht . . . natürlich hatte ich gehofft, eines Tages zu heiraten, aber . . . ich kann doch keinen Mann, den ich nie gesehen habe – von dem ich überhaupt nichts weiß . . .“

„Das ist genau die idiotische Bemerkung, die ich von einem Mädchen deines Alters erwartet habe!“ stieß die Gräfin hervor. „Vielleicht versuchst du dir einmal klarzumachen, daß der Herzog die beste Partie weit und breit ist! Sämtliche Mütter heiratsfähiger Töchter haben vor ihm auf den Knien gelegen und ihn angefleht, ihr Schwiegersohn zu werden. Aber er hat sich für dich entschieden – obwohl du so ein Glück gar nicht verdienst!“ Aline Langstone holte tief Atem, bevor sie hinzufügte: „Du solltest dem Allmächtigen dankbar sein. Sicher hat man dir im Kloster beigebracht, wie sich ein Mensch verhalten muß, dessen inbrünstige Gebete erhört wurden.“

Honora schluckte krampfhaft. „Sicher, ich wollte irgendwann heiraten, Tante, und ich habe oft darüber nachgedacht – aber es muß ein Mann sein, den ich liebe – so wie Mama meinen Papa geliebt hat."

„Ich dachte, du wärst nun alt genug, um zu wissen, daß dein Vater deine Mutter niemals hätte heiraten dürfen."

„Warum sagst du das?"

„Mit seinem guten Aussehen und familiären Hintergrund hätte sich dein Vater jedes reiche Mädchen angeln können. Deine Mutter war sehr hübsch, das leugne ich nicht. Aber sonst hatte sie nichts zu bieten." Verächtlich fuhr die Gräfin fort: „Deshalb mußten deine Eltern – wie dir sicher nicht entgangen ist – von der Hand in den Mund leben. Bei seinem Tod hatte dein Vater ein paar tausend Pfund Schulden, die dein Onkel bezahlen mußte."

„Ich wünschte, ich könnte dieses Geld zurückzahlen", sagte Honora leise. „Damals habe ich meinem Onkel gedankt – und ich werde ihm immer wieder danken – auch für die gute Schulbildung, die er mir ermöglicht hat."

„Du kannst deine Dankbarkeit viel besser zum Ausdruck bringen als mit leeren Worten. Eine Ehe mit dem Herzog würde dir unzählige Möglichkeiten dazu bieten."

Honora war totenblaß geworden. „Wie – könnte ich ihn heiraten?" würgte sie mühsam hervor.

„Das werden wir schon arrangieren", erklärte ihre Tante. „Überlaß alles mir. Und wenn du Zweifel hast und alberne Bemerkungen machen willst – in Gegenwart deines Onkels solltest du darauf verzichten." Mit großen Augen starrte Honora die Gräfin an, die mit kalter Stimme fortfuhr: „Du brauchst nur zu tun, was ich dir sage. Jetzt gehst du erst einmal nach oben, ziehst dein Reisekostüm aus und schlüpfst in ein respektables Nachmittagskleid. Ich nehme an, du hast etwas Anständiges zum Anziehen." Sie machte eine kleine Pause, dann erklärte sie mit sichtlichem Widerwillen: „Sobald die Verlobung bekanntgegeben wird, konzentrieren wir uns auf deine Aussteuer. Und bevor du dich in der Londoner Gesellschaft sehen läßt, mußt du modisch eingekleidet werden." Die Gräfin warf wieder einen Blick auf die Uhr und stand auf. „Das wäre alles, was ich dir im Augenblick mitzuteilen habe. Und ich kann nur wiederholen, daß du dich glücklich schätzen darfst. Aber versuch bloß keine Parallele zwischen deinem und dem Leben deiner Eltern zu ziehen! Da gibt es keine Gemeinsamkeiten, und die wird es auch niemals geben."

Mit diesen Worten rauschte sie mit raschelnden roten Röcken zur Tür und öffnete sie. Der Butler mußte davor gestanden haben, denn Honora hörte sie sagen: „Veranlassen Sie, daß Miß Honora in ihr Zimmer geführt wird, Dalton. Ich nehme an, die Kutsche wartet schon."

„Ja, Mylady."

„Ich komme in etwa einer Stunde zurück. Um sechs erwarte ich Seine Gnaden, den Herzog von Tynemouth."

„Sehr wohl, Mylady."

Honora war aufgesprungen, als ihre Tante den Salon verlassen hatte. Nun stand sie immer noch wie angewurzelt da. Es war ihr zumute, als hätte sie einen Schlag auf den Kopf erhalten, und es fiel ihr schwer zu denken. Der Raum schien sich um sie zu drehen, der Boden unter ihren Füßen genauso zu schwanken wie die Decksplanken des Schiffes, auf dem sie den Kanal überquert hatte. „Heiraten – wie kann ich heiraten?" Sie glaubte diese Frage laut ausgesprochen zu haben, aber ihre Lippen hatten sich nicht bewegt.

Und dann trat eine Frau in den Salon, deren Gesicht Honora wiedererkannte – Mrs. Morton, die Haushälterin.

„Guten Tag, Miß Honora! Es freut mich, Sie wiederzusehen. Und wie groß Sie geworden sind!"

„Ja, ich bin um ein ganzes Stück gewachsen", bestätigte Honora lächelnd. „Ich bin froh, daß Sie immer noch da sind."

„Natürlich bin ich noch da. Einunddreißig Jahre arbeite ich nun schon für Seine Lordschaft, und ich wage zu behaupten, daß er ohne mich ganz sicher nicht zurechtkäme."

„Bestimmt nicht."

„Gehen wir nach oben, Miß Honora. Ihre Ladyschaft hat mich angewiesen, Ihnen beim Umkleiden zu helfen, bevor sie zurückkommt. Die Lakaien haben Ihr Gepäck schon hinaufgebracht."

Mrs. Morton führte das Mädchen aus dem Salon und eine Treppe hinauf.

Erst später wurde Honora bewußt, daß sie nicht mehr dasselbe kleine Zimmer wie damals bewohnte, als sie eine Zeitlang bei ihrem Onkel und ihrer Tante geblieben war. Man hatte sie in einem der schönsten Gästezimmer einquartiert, dessen Fenster zum Garten hinausgingen.

„Hier werden Sie sich bestimmt wohl fühlen", meinte Mrs. Morton und lächelte freundlich.

Die Lakaien hatten die beiden kleinen Reisetruhen geöffnet, zwei Hausmädchen packten die einfache Garderobe aus, die Honora aus Florenz mitgebracht hatte. Sie entschied sich für ein hübsches hellblaues Seidenkleid. Es stammte aus Paris, und sie hatte es einer Freundin abgekauft, die herausgewachsen war. Es hatte einen weiten Rock und eine schmale Taille.

Mrs. Morton half ihr in das Kleid und schaute sie bewundernd an. „Sie sind genauso reizend wie Ihre Mutter, Miß, das läßt sich nicht leugnen. Als ich sie nach ihrer Hochzeit mit Lord Harry kennenlernte, sagte ich mir sofort, daß ich nie zuvor eine schönere Frau gesehen hatte."

„Ja, sie war wunderschön, und wenn ich nur ein bißchen was davon geerbt habe, kann ich stolz sein."

„Sie sind ihr sogar sehr ähnlich, Miß, und das wird niemand bestreiten. Nur Ihr Haar ist etwas heller."

„Vielleicht wird es dunkler, wenn ich älter bin."

Die Haushälterin lachte. „Das bezweifle ich. Die meisten jungen Damen wären glücklich, wenn sie solche Haare hätten, die wie gesponnenes Gold aussehen. Emily soll Sie frisieren, Miß. Sie ist sehr tüchtig."

Emily legte Honoras Haar mit geschickten Händen in Locken, und als ihr Werk vollbracht war, lächelte sie ebenso bewundernd wie das andere Hausmädchen. „Sie sehen wie eine Dresdner Prozellanfigur aus, Miß Honora, und das ist die reine Wahrheit!"

Als die beiden Mädchen die leeren Truhen aus dem Zimmer getragen hatten, blieb Mrs. Morton hinter Honora stehen, die vor dem Toilettentisch saß. „Sie sehen so traurig aus, Miß. Was bedrückt Sie denn?"

„Ich glaube, es liegt an meiner Rückkehr nach London – und zu wissen, daß ich Papa und Mama nie wiedersehen werde . . ."

„Sie dürfen nicht so unglücklich sein, Miß", meinte die gutmütige Frau. „Ihre Ladyschaft hat große Pläne mit Ihnen, und Sie werden in der Londoner Gesellschaft großen Anklang finden."

Mrs. Morton scheint zu wissen, daß ich den Herzog heiraten soll, dachte Honora verzweifelt. Selbst wenn den Dienstboten nicht mitgeteilt wurde, was die Herrschaft beabsichtigte – sie würden an den Schlüssellöchern horchen oder die Tischgespräche belauschen, während sie das Essen servierten, und über alles informiert sein.

Honora wäre noch betrübter gewesen, hätte sie gewußt, daß ihr Onkel und ihre Tante am vergangenen Abend, nach dem Besuch des Herzogs einen harten Kampf ausgefochten hatten.

„Du hast *was* getan?“ hatte der Graf mit einer Stimme gedonnert, die bis zu den Lakaien auf den Flur gedrungen war.

„Schrei mich nicht so an, George! Ich habe dir doch klar und deutlich gesagt, daß der Herzog von Tynemouth deine Nichte zur Frau nehmen möchte.“

„Er hat das Mädchen nie gesehen!“

„Nein, aber er hat die Prinzessin gesehen, und das reicht ihm.“

„Soll das heißen, daß ihr beide euch das ausgedacht habt, damit er nicht gezwungen wird, Prinz Alberts Kusine zu heiraten?“

„Genau, George. Wie immer sich Honora während dieser beiden Jahre in Florenz entwickelt haben mag – sie kann unmöglich so häßlich und so grenzenlos langweilig sein wie Prinzessin Sophie.“

„Du hättest Tynemouth nicht erzählen dürfen, was ich dir vertraulich mitgeteilt habe. Und was diese Heirat betrifft – so etwas Lächerliches ist mir noch nie in meinem Leben untergekommen! Ich werde mich keinesfalls an diesem Komplott beteiligen.“

„Was wirst du tun?“

„Was ich tun werde?“ stieß der Graf hervor. „Ich werde Tynemouth in aller Entschiedenheit erklären, daß ich ihm nicht erlaube, Honora zu heiraten. Und wenn er eine Verlobte braucht, um die Wünsche der Königin zu umgehen, soll er sich woanders umsehen.“

Die Gräfin lachte schrill. „Also wirklich, George, mußt du unbedingt einen Narren aus dir machen? Du weißt ebensogut wie ich, daß alle deine Freunde und Bekannten auf die Knie fallen und den Boden ablecken würden, wenn sie dafür einen Schwiegersohn wie den Herzog bekämen." Seufzend fuhr sie fort: „Unglücklicherweise haben wir keine Tochter, die wir ihm offerieren könnten. Aber er ist bereit, Honora zu heiraten. Es ist dir doch klar, was das bedeutet."

Ein langes Schweigen entstand, bevor der Graf langsam entgegnete: „Es bedeutet, daß du Tynemouth noch häufiger sehen kannst als jetzt – und das ist schon viel zu oft!"

Als wäre sie von einem vielsagenden Unterton in seiner Stimme gewarnt worden, änderte sie ihre Taktik. Aline konnte ihren Gatten ebenso geschickt manipulieren wie alle anderen Männer. Sie lachte leise und ging auf ihn zu. „George, Liebling, du bist ja eifersüchtig! Wie zauberhaft von dir! Damit machst du mich sehr glücklich." Sie schlang die Arme um seinen Hals und hob ihr schönes Gesicht zu ihm empor. „Niemand weiß besser als du, wie sehr es mich amüsiert, mit dem Herzog zu flirten. Seine Aufmerksamkeit schmeichelt mir natürlich. Aber ich habe ihn genauso eiskalt abgewiesen wie meine anderen Bewunderer." Verführerisch schmiegte sie sich an George. „Wie oft hast du mich schon der Untreue bezichtigt – obwohl du weißt, wie innig ich dich liebe . . ."

Sie zog seinen Kopf zu sich herab, ihr Körper fühlte sich warm und weich an. Widerstrebend legte der Graf seine Arme um ihre Taille. Ihr exotisches Parfüm schien seine Sinne zu umnebeln. „Schön und gut, Aline . . .", begann er.

Dann spürte er ihre Lippen auf den seinen und konnte nichts mehr sagen. Erst als sie ihn losließ, fuhr er fort: „Wir müssen darüber reden."

„Es gibt nichts mehr zu besprechen, lieber George", entgegnete die Gräfin. „Der Herzog hat sich bereit erklärt, Honora zu heiraten. Und weil er den Plänen der Königin zuvorkommen muß, wird die Verlobung morgen bekanntgegeben. Wir müssen den Leuten erzählen, wir hätten das schon vor einem Jahr arrangiert, als Honora noch zu jung war, um in den Ehestand zu treten."

„Man wird uns nicht glauben."

Georges Stimme klang ärgerlich, aber Aline wußte, daß sie den Kampf gewonnen hatte, und so erwiderte sie nur: „Die Damen, die ihn für sich selbst oder für ihre Töchter zu erobern hoffen, werden vor Neid erblassen. Überlaß alles mir, George. Du brauchst nichts weiter zu tun, als eine Aussteuer für Honora zu finanzieren. Die wird dich zwar eine schöne Stange Geld kosten, aber das kannst du dir ja leisten."

„Du schmiedest deine Pläne viel zu verfrüht, Aline. Ich habe diesem Unsinn noch nicht zugestimmt, und ich beabsichtige auch nicht . . ." Er verstummte, weil er feststellte, daß seine Frau ihm gar nicht zuhörte, sondern zur Tür eilte.

„Wir müssen uns fürs Dinner umkleiden, George!" rief sie ihm über die Schulter zu. „Heute abend speisen wir mit den Devonshires – hast du das vergessen? Natürlich darfst du vor Honoras Ankunft kein Wort über ihre Verlobung verlauten lassen."

Der Graf hatte noch eine ganze Menge zu sagen, aber da er allein im Salon stand, hätte er mit sich selber gesprochen. Erst als er zu seinem Ankleidezimmer ging, kam ihm der Gedanke, daß Tynemouth ihm als Honoras Ehemann nicht mehr so gefährlich werden konnte wie jetzt.

Honora blieb vor der Treppe stehen, die zum Salon hinabführte, und hörte, wie jemand die Eingangshalle betrat. Das drei Stockwerke hohe Langstone House wurde von einer unschönen Glaskuppel überdacht, unter der die

Stimmen laut widerhallten, was manchmal irritierend war. Aber das durch das Glasgewölbe einfallende Tageslicht ermöglichte jedem, der von einer der oberen Etagen hinabblickte, alles genau zu beobachten, was sich in der Halle abspielte.

Eine Hand auf das Treppengeländer gestützt, schaute Honora zu, wie der Butler dem Herrn, der soeben hereingekommen war, den Hut, die Handschuhe und den Spazierstock abnahm. Schweren Herzens sagte sie sich, daß dieser Besucher der Herzog sein mußte.

Unfähig, sich zu rühren, sah sie den großen, breitschultrigen Mann die Treppe heraufsteigen. Seine Gesichtszüge konnte sie nicht erkennen, aber sie spürte seine autoritäre Ausstrahlung.

Erst jetzt wurde ihr bewußt, daß sie eine Herzogin sein würde, wenn sie ihn heiratete – so wie es ihre Tante wünschte. Dieser Gedanke ängstigte sie ebenso wie der Anblick dieses imposanten Gentlemans, der ihr Gatte werden sollte. Es ist unmöglich – ich kann es nicht, dachte sie unglücklich.

Die Eröffnung ihrer Tante schien Honoras Verstand betäubt zu haben, und es mißlang ihr, klar zu denken und zu überlegen, wie sie dem Zwang, einen Fremden heiraten zu müssen, entgehen könnte. Mama und Papa wären schokkiert, sagte sie sich, und sie würden sicher alles tun, um diese ungeheuerlichen Pläne zu vereiteln.

Doch dann begann sie daran zu zweifeln. Immerhin hatte sich ihr Vater stets gefreut, wenn er von bedeutenden Leuten in ihre prachtvollen Häuser eingeladen worden war. Manchmal hatte er fröhlich gelacht, wenn man ihn wieder einmal zu einem gesellschaftlichen Ereignis gebeten hatte.

„Am Mittwoch fahre ich zum Landsitz des Herzogs von

Marlborough“, hatte er seiner Tochter einen Monat vor seinem Tod mitgeteilt. „Und dort werde ich die besten Pferde reiten, den besten Wein trinken und die Gesellschaft der distinguiertesten Persönlichkeiten von gànz England genießen. Nun, wie findest du das, Püppchen?“

„Das klingt aufregend, Papa.“ Honoras Augen funkelten boshaft, als sie fragte: „Warum wurdest du denn eingeladen?“

„Das will ich dir erklären. Weil ich ungemein amüsant bin. Ich bringe die Menschen zum Lachen, die Männer halten mich für einen guten Sportskameraden, und die Frauen . . .“ Nach einer kleinen Pause fügte er hinzu: „Das braucht dich nicht zu interessieren.“

„Aber du bist weder so reich noch so bedeutend wie die Leute, mit denen du so viele Feste feierst.“

„Ich weiß, und gerade deshalb koste ich das in vollen Zügen aus. Wenn du erwachsen bist, wirst du feststellen, daß sich die reichen Herrschaften oft langweilen. Die meisten benötigen einen Hofnarren oder eine mitfühlende Seele, der sie ihre Sorgen anvertrauen können. Du magst es glauben oder nicht – auch diese Leute haben Probleme.“

Er lachte, und Honora rief: „Herzöge, Prinzen oder Grafen – keiner ist so attraktiv und so amüsant wie du, Papa!“

„Ja, das stimmt“, bestätigte er lächelnd, „und genau das mache ich ihnen immer wieder klar.“

Er war zum Blenheim-Palast gefahren, und bei seiner Rückkehr hatte er weitere Einladungen in luxuriöse Häuser vorgefunden, wo er sich seines Lebens freuen konnte. Und Honora hatte den Tag herbeigesehnt, wo sie alt genug sein würde, um ihn zu diesen Parties und Bällen zu begleiten.

Sicher, überlegte sie nun, Papa wäre tief beeindruckt vom Herzog, aber er würde nicht wollen, daß ich einen Mann heirate, den ich nicht liebe und der mich offensichtlich ebensowenig liebt . . . Warum will er mich überhaupt heiraten?

Auf diese Frage fand sie keine Antwort, doch sie war überzeugt, daß es einen Grund geben mußte – möglicherweise einen unerfreulichen Grund.

Weil sie wußte, was von ihr erwartet wurde, ging sie zum Salon hinunter. Als Dalton ihr die Tür öffnete, glaubte sie, eine Bühne zu betreten, auf der ein Theaterstück aufgeführt werden sollte. Ein Stück, dessen Handlung sie nicht kannte – und sie hatte auch keine Ahnung, ob es eine Romanze oder eine Tragödie sein würde . . .

Ihre Tante stand vor dem Kamin und sah zum Herzog auf. Ein schönes Paar, dachte Honora, und sie spürte, daß die beiden eng befreundet waren. Sie war nicht sicher, warum ihr das sofort auffiel. Es schien in der Atmosphäre zu vibrieren, und sie irrte sich ganz bestimmt nicht.

Sie hatte den Raum schon halb durchquert, als der Herzog ihre Anwesenheit bemerkte und sich zu ihr wandte.

Auch die Gräfin schaute ihr entgegen und rief: „Ah, da bist du ja, Honora!“ Ihr Blick wanderte über die Gestalt ihrer Nichte, und in ihren Augen lag ein harter, kalter Ausdruck. Während das Mädchen näher trat, fuhr die Gräfin mit einem gezwungenen Lächeln fort: „Ich möchte dich dem Herzog von Tynemouth vorstellen, mein liebes Kind. Ulric – das ist Honora!“

Mühsam kämpfte Honora gegen ihre Schüchternheit an. Es fiel ihr schwer, ihn anzusehen. Aber weil sie wußte, wie unhöflich es wäre, den Blick zu senken, schaute sie zu dem hochgewachsenen Mann auf und knickste respektvoll.

Er verneigte sich, und als er sie musterte, hatte sie das unangenehme Gefühl, daß er nicht nur ihre äußere Erscheinung begutachtete, sondern irgend etwas zu finden erwartete, das ihm mißfallen würde. Damit hatte sie nicht gerechnet, und eine innere Stimme flüsterte ihr eine Warnung zu. Offensichtlich widerstrebte dem Herzog die geplante Hochzeit ebenso wie ihr selbst.

Warum sollte sie dann seine Frau werden?

Diese Frage schien rings um Honora in der Luft zu schweben, im Kaminfeuer zu knistern und sogar durch die Blumenarrangements zu wehen.

„Ich bin entzückt, Sie kennenzulernen, Miß Lang“, sagte der Herzog mit tiefer Stimme.

Sie spürte nur zu deutlich, daß er alles andere als entzückt war. Aber warum wollte er sie dann heiraten?

3

Ein paar Minuten lang unterhielten sie sich sehr kühl, sehr förmlich. Der Herzog erkundigte sich in gelangweiltem Ton, wie die Reise von Frankreich nach England gewesen wäre, und bevor Honora antworten konnte, erklärte die Gräfin, das Meer wäre stürmisch gewesen. Dann fügte sie mit dramatischer Stimme und einem Ausdruck in den Augen, den Honora nicht zu deuten wußte, hinzu: „Ich lasse euch jetzt eine Weile allein, aber ich komme bald zurück.“ Sie schaute den Herzog bedeutsam an, dann ging sie anmutig, mit raschelnden Seidenröcken, zur Tür. Dort drehte sie sich kurz um und warf dem Herzog – nicht ihrer Nichte – einen weiteren Blick zu.

Unbehagliches Schweigen erfüllte den Raum, nachdem

sich die Tür hinter Aline Langstone geschlossen hatte. Schließlich bemerkte der Herzog: „Ich glaube, Ihre Tante hat Ihnen schon mitgeteilt, daß ich Sie heiraten werde."

Honora holte tief Atem. „Ja, sie hat es mir gesagt, aber ich verstehe nicht, warum Sie mich zur Frau nehmen wollen, Euer Gnaden. Sie haben mich doch erst vor wenigen Minuten kennengelernt."

Sie glaubte Überraschung in seinen Augen zu lesen. Verlegen starrte sie ins Kaminfeuer und zitterte vor Nervosität.

Nach einer langen Pause erwiderte der Herzog: „Sie müssen doch wissen, daß in aristokratischen Familien alle Ehen arrangiert werden."

Sie spürte, daß er nach Worten suchte – und daß dies nicht der wahre Grund war, der hinter diesen Heiratsplänen steckte.

„Ich dachte, daß sich der Bräutigam und die Braut wenigstens einmal sehen – bevor irgend etwas entschieden wird", entgegnete sie zögernd.

Ungeduldig winkte der Herzog ab, dann schien er einen Entschluß zu fassen. „Da wir bald heiraten werden, sollten wir offen zueinander sein."

Honora schaute zu ihm auf. „Das finde ich auch, und ich wäre Ihnen dankbar, wenn Sie mir verraten würden, warum die Verlobungsanzeige schon morgen in den Zeitungen erscheinen soll."

„Hat die Gräfin Ihnen nichts erzählt?"

„Nein. Als ich vor einer Stunde ankam, erklärte sie mir nur, ich müßte Sie heiraten, Euer Gnaden."

„Also gut, ich will Ihnen die Wahrheit anvertrauen. Natürlich mußte ich damit rechnen, daß man irgendwann eine Heirat für mich arrangieren würde, doch damit schien es keine Eile zu haben." Aufmerksam hörte Honora zu, als er sichtlich widerstrebend fortfuhr: „Wie ich von Ihrer Tante hörte, wünscht mich Ihre Majestät, die Königin, mit Prinz Alberts Nichte, Prinzessin Sophie von Sachsen-Coburg und Gotha, zu vermählen." Seine Stimme klang hart, beinahe aggressiv.

„Und – das wollen Sie nicht?" fragte Honora.

„Allerdings nicht!" stieß er hervor. „Ich kenne die Prinzessin, und ich versichere Ihnen – sie ist die letzte, die ich zur Frau nehmen würde, unter welchen Umständen auch immer."

„Und mich wollen Sie heiraten? Warum?"

Honora fühlte, daß ihre Frage ihn verblüffte, und es kam ihr wieder so vor, als müßte er nach Worten suchen. „Nun, Sie sind Engländerin und entstammen einer Familie, die ich respektiere."

„Sicher gibt es viele Familien, die Ihre Achtung verdienen, Euer Gnaden. Also haben Sie eine große Auswahl. Warum entscheiden Sie sich für mich?"

Der Herzog legte seine Hand auf den Kaminsims, als müßte er sich irgendwo festhalten. Während er antwortete, blickte er in die Flammen. „Wenn ich Ihre Tante richtig verstanden habe, billigen Sie die Heirat . . ."

Er verstummte, und Honora fragte nach einer längeren Pause: „Würden Sie mir den zweiten Grund nennen?"

„Offen gestanden – ich muß so schnell wie möglich die Initiative ergreifen. Wenn ich morgen im Buckingham-Palast meinen Dienst tue, wird die Königin erwähnen, die Prinzessin wäre eine passende Ehefrau für mich." Wieder schwang ein harter Unterton in seiner Stimme mit, der die Gefühle des Herzogs deutlich genug ausdrückte.

„Ich bin also das kleinere von zwei Übeln", meinte Honora.

Verwundert sah er sie an. „Miß Lang, ich habe das Gefühl, dieses Gespräch dürfte nicht stattfinden. Vielleicht machen wir die Situation damit noch schlimmer, als sie es ohnehin schon ist."

„Am schlimmsten finde ich, daß Sie mich nicht heiraten wollen, Euer Gnaden, und daß auch ich keineswegs den Wunsch hege, einen Mann zu heiraten, den ich nicht – liebe."

Hätte sie dem Herzog eine Bombe vor die Füße geworfen, wäre er nicht erstaunter gewesen.

Er war es so gewöhnt, umschwärmt und von heiratsfähigen Mädchen und deren Eltern verfolgt zu werden, daß er niemals die Möglichkeit in Betracht gezogen hatte, eine junge Dame könnte zögern, seinen Antrag anzunehmen. Nun sah er Honora an und schien sie zum erstenmal bewußt wahrzunehmen. „Wollen Sie damit sagen, Sie würden eine Ehe mit mir nicht akzeptieren, Miß Lang?"

„Ich fürchte, damit würde ich Tante Aline schrecklich wütend machen. Aber nachdem ich nun Ihre wahren Gefühle kenne und weiß, daß Sie mich nur als Mittel zum Zweck benutzen wollen, um sich aus einer unangenehmen Lage zu befreien, lautet meine Antwort – nein." Als gäbe es weiter nichts zu sagen, wandte sich Honora ab und ging zur Tür, die im selben Augenblick geöffnet wurde.

Die Gräfin trat ein. Sie wußte, daß sie den Herzog und ihre Nichte nicht allzu lange allein gelassen hatte. Aber weil das Mädchen so unerwartet schön aussah und sich so graziös zu bewegen wußte, war Aline von einer unwiderstehlichen Eifersucht in den Salon zurückgetrieben worden.

Sie beobachtete, wie Ulric die Stirn runzelte und Honora nachstarrte, die ihr entgegenkam.

„Was ist los?" fragte sie in scharfem Ton. „Wohin gehst du, mein Kind?"

Honora blieb stehen, und der Herzog erklärte: „Miß Lang weigert sich, meine Frau zu werden." Seine Stimme klang überrascht und gleichzeitig herausfordernd, als wollte er Aline zu verstehen geben, daß er von Anfang an am Gelingen ihres Planes gezweifelt hatte.

„Sie weigert sich?" rief die Gräfin schrill.

„Es – tut mir leid, wenn ich dich verärgere, Tante Aline", sagte Honora. „Aber – Seine Gnaden waren ganz offen zu mir, und ich weiß nun, warum diese überstürzte Verlobung stattfinden soll. Sicher findet er eine Frau, die sich besser für seine Zwecke eignen würde als ich." Sie versuchte, ruhig und würdevoll zu sprechen, konnte aber nicht verhindern, daß sie ins Stottern geriet und ihre Angst deutlich zeigte.

Wütend schaute die Gräfin sie an. „Komm mit mir! Ich möchte unter vier Augen mit dir reden." Während sie sich abwandte, bat sie den Herzog: „Nimm dir was zu trinken, Ulric. Im Eiskübel steht eine Flasche Champagner."

Sie wartete seine Antwort nicht ab, sondern eilte zur Tür, und ihrer Nichte blieb nichts anderes übrig, als ihr zu folgen.

Die Gräfin führte das Mädchen zu ihrem Boudoir, das am selben Korridor lag, nur zwei Türen weiter. Honora trat ein, roch Nelken und Lilien, deren Duft sich mit dem Aroma des französichen Parfüms vermischte, das ihre Tante so gern benutzte.

Nachdem Aline die Tür hinter sich geschlossen hatte, ging sie in die Mitte des Raumes. Ihr Gesicht verzerrte sich vor Zorn und Haß. „Darf ich fragen, worauf du hinauswillst?"

„Bitte, Tante Aline, versuch mich zu verstehen", flehte Honora. „Der Herzog wünscht diese Heirat ebensowenig wie ich."

„Glaubst du wirklich, du könntest meine Pläne vereiteln und mir ungehorsam sein, du kleine Närrin?“

„Du solltest mich nicht zu einer Ehe zwingen, die mich todunglücklich machen würde.“

„Würde dein mittelloser Vater noch leben, er wäre entzückt über den Antrag des Herzogs – eines so bedeutsamen, reichen Mannes. Dann könnte er seinen Schwiegersohn ausnehmen statt jeden Tom, Dick oder Harry, von dem er sich Geld zu borgen pflegte.“

„Das – ist nicht wahr!“ protestierte Honora. Gleichzeitig hatte sie das unbehagliche Gefühl, daß in den Worten ihrer Tante ein Körnchen Wahrheit steckte. Papa wäre tatsächlich hocherfreut über einen so illustren Schwiegersohn gewesen.

„Und wie willst du, ein Mädchen ohne einen einzigen Penny in der Tasche, ein Mädchen, das nichts zu bieten hat außer einem respektablen Namen, einen Mann finden, der nur eine halb so gute Partie wäre wie der Herzog?“ stieß Aline hervor.

„Wer immer er sein mag – ich will nur einen Mann heiraten, den ich liebe.“

„Liebe!“ rief die Gräfin verächtlich. „Wenn man dir im Kloster solche Flausen in den Kopf gesetzt hat, war das Geld deines Onkels verschwendet.“

Honora gab keine Antwort, und Alines Augen verengten sich.

„Da du offenbar zu dumm bist, um selber zu denken, werde ich dir diese Arbeit abnehmen und dich vor die Wahl stellen.“

„Ich – habe eine Wahl?“

„Ja“, bestätigte die Gräfin. „Es ist ganz einfach. Entweder du heiratest den Herzog, so wie ich es wünsche, oder du gehst in ein Kloster und wirst Nonne.“

Verwirrt starrte Honora ihre Tante an, die unbarmherzig fortfuhr: „Natürlich wäre es kein schönes, komfortables, reiches Kloster wie jenes, das du soeben verlassen hast. Eine der wohltätigen Organisationen, an die dein Onkel großzügige Spenden verteilt, nennt sich ‚Die kleinen Schwestern der Armen‘. Diese Frauen kümmern sich um die kranken, notleidenden Leute in den Londoner Elendsvierteln und reiben sich beim Beten die Knie wund." Nach einer kleinen Pause fügte sie boshaft hinzu: „Soviel ich weiß, geben sie alles her, was sie besitzen. Das dürfte dir leichtfallen, weil du nichts hast."

„Du schlägst also vor – ich soll den Schleier nehmen?" stammelte Honora.

„Es wird dir nichts anderes übrigbleiben – es sei denn, du ziehst es vor, in der Gosse zu verhungern."

„Das – kannst du nicht ernst meinen . . . Bitte, laß mir ein wenig Zeit, damit ich über das alles nachdenken kann."

„Wir haben keine Zeit. Du mußt hier und jetzt entscheiden, ob du den Herzog heiraten willst. Wenn du dich weiterhin weigerst, lasse ich dich morgen früh ins Kloster bringen." Die Gräfin brach in ein mißtönendes Gelächter aus, dann sagte sie: „Sicher weißt du, daß ein Vormund befugt ist, uneingeschränkt zu bestimmen, was mit seinem Mündel geschehen soll. Wenn dein Onkel dich ins Kloster schickt, kannst du gar nichts dagegen tun." Voller Genugtuung beobachtete sie, wie Honoras Lippen in dem kreidebleichen Gesicht zu zittern begannen. „Nun sag endlich, was du willst. Eine andere Alternative gibt es nicht. Und so dumm du auch sein magst – ich hätte nicht gedacht, daß dir die Wahl so schwerfallen würde."

Honoras Niederlage war besiegelt, und sie wußte es. „Ich – fühle mich nicht zur Nonne berufen", erklärte sie tonlos. „Also werde ich den Herzog heiraten – wenn du weiterhin darauf bestehst."

„Sehr gut. Dann werde ich ihm jetzt sagen, du wärst so überwältigt von seinem hohen Rang gewesen und hättest vor lauter Verwirrung seinen Antrag abgelehnt. Und jetzt geh mir aus den Augen! Zieh dich in dein Schlafzimmer zurück und bleib dort! Mir wird schlecht, wenn ich dich nur eine Minute länger sehen muß." Die Gräfin öffnete die Tür ihres Boudoirs und kehrte in den Salon zurück.

Ein paar Sekunden lang blieb Honora reglos stehen. Dann schlug sie die Hände vors Gesicht und fragte sich, wie dies alles hatte geschehen können. Aber sie wußte nur zu gut, daß es keinen Ausweg gab.

Die Gräfin betrat den Salon, schloß leise die Tür hinter sich und ging zu Ulric, der sich immer noch auf den Kaminsims stützte. Als sie zu ihm ging, bemerkte er: „Jetzt sitzen wir ganz schön in der Klemme."

„Keineswegs, Liebling. Die Kleine war nur überwältigt von dir und von der ganzen Situation – und wer könnte ihr das verdenken? Jetzt ist sie bereit, unsere Wünsche zu erfüllen, und ich kann einen Lakaien mit der Verlobungsanzeige zu den Zeitungsredaktionen schicken."

„Du meinst, du hast sie also so lange bearbeitet, bis sie mit der Hochzeit einverstanden war", sagte der Herzog langsam.

„Sie ist nur verschüchtert und nervös, weil sie Herzogin werden soll. Oh, mein Liebster, würde ich bloß in ihren Schuhen stecken!"

Der Herzog lächelte, und die Falten auf seiner Stirn glätteten sich. „Ich bin mir nicht sicher, ob du eine gute Herzogin abgeben würdest", entgegnete er spöttisch.

„Für mich würde nur eines zählen – die Tatsache, daß

ich deine Frau wäre“, stieß Aline leidenschaftlich hervor. Sie sah zu ihm auf, und er konnte nicht widerstehen, nahm sie in die Arme und küßte sie.

Doch weil er fürchtete, ertappt zu werden, ließ er sie sofort wieder los und fragte: „Bist du ganz sicher, daß es keine andere Möglichkeit gibt, dieses Problem zu lösen? Ich hatte nicht mit einer Weigerung von seiten deiner Nichte gerechnet.“

„Du hättest ihr nicht verraten dürfen, warum du sie heiraten willst.“

„Sie bat mich, die Wahrheit zu sagen. Und es war wohl besser, daß sie es von mir erfahren hat und nicht von jemand anderem.“

Aline zuckte mit den Schultern. „Ich finde, es war unklug von dir. Junge Mädchen sind romantisch und leben in einem Wolkenkuckucksheim. Du hättest ihr vorgaukeln sollen, du wärst ein Ritter auf einem weißen Roß.“

„Ich konnte wohl kaum erwarten, daß mir Honora, die mich nie gesehen hat, keine Fragen stellen würde.“

„Würdest du mich fragen, ob ich dich heiraten will, ich würde nur eine einzige Frage stellen – wann?“ Sie trat wieder näher zu ihm, und in ihren Augen schien das Feuer zu funkeln, das in ihrem glutvollen Herzen brannte.

Der Herzog hielt den Atem an. Aline Langstone wußte Gefühle in ihm zu wecken, die nur wenige andere Frauen erregt hatten. Aber im Hintergrund seines Bewußtseins flüsterte eine zynische innere Stimme, daß er solche Reize bei seiner Ehefrau nicht sonderlich schätzen würde. Und wenn er ehrlich war, mußte er sich eingestehen, wie tadelnswert er Alines Benehmen, sogar ihre Leidenschaft für ihn, bei einem jungen Mädchen fände. „Ich spreche nicht von dir, sondern von deiner Nichte“, erwiderte er, „und ihr Verhalten bestürzt mich.“

„Überlaß Honora nur mir. Ein junges Mädchen ist wie das andere. Diese dummen Dinger müssen allem widersprechen, was man ihnen vorschlägt." Sie sah ihm an, daß er sich immer noch Sorgen machte, und fügte hinzu: „Übrigens – als ich mit ihr allein war, vertraute sie mir an, wie attraktiv sie dich fände, und sie würde dich sehr gern heiraten, wenn du es wirklich wolltest."

„Hat sie das wirklich gesagt?"

Aline lachte. „Glaubst du allen Ernstes, es gäbe eine Frau, die deiner Anziehungskraft widerstehen könnte – die nicht ihre rechte Hand für die Ehre opfern würde, dich heiraten zu dürfen?" Ihre Worte klangen sehr überzeugend, und um sicherzugehen, daß Ulric nicht mehr an der Richtigkeit seines Tuns zweifelte, setzte sie hinzu: „Sei vernünftig, Liebling. Ich weiß, das alles stürmt viel zu plötzlich auf dich ein, aber es ist immer noch besser, als wenn du für den Rest deines Lebens Sophies Gesicht sehen müßtest."

Ulric erschauderte. „Da hast du recht."

„Und du hast hoffentlich nicht vergessen, wie einfach es nun für uns sein wird, einander zu treffen", flüsterte sie, „so oft wir wollen . . . Dieses Wochenende verbringen wir wie geplant in Dawlishes – und das nächste bei dir auf Tyne Castle."

Nachdenklich runzelte er die Stirn. „Leider muß ich in Dawlishes absagen. Sobald die Verlobungsanzeigen in den Zeitungen erschienen sind, wird meine Familie meine Braut kennenlernen wollen. Und um uns eine ganze Reihe langweiliger Lunches und Dinners zu ersparen, werde ich alle Verwandten für dieses Wochenende nach Tyne Castle einladen."

Aline klatschte in die Hände. „Eine großartige Idee! Mir ist es egal, ob wir in Dawlishes oder in deinem Schloß beisammen sind. Und am nächsten Wochenende geben George und ich hier am Grosvenor Square eine Partie und planen die Hochzeit."

„Die Hochzeit?" wiederholte er mißtrauisch.

„Eine lange Verlobungszeit wäre sinnlos. Je früher wir einen respektablen Grund haben, in Tyne Castle zusammenzutreffen, desto eher wird George einsehen, daß wir deine Einladungen nicht länger ablehnen können."

„Es hat mich ohnehin überrascht, wie schnell er dieser überstürzten Verlobung zugestimmt hat."

Sie lächelte. „Gestern abend versuchte er zu protestieren und war mir böse, weil ich dir von Prinzessin Sophie erzählt habe. Aber ich machte ihm klar, welch großartige Gelegenheit das für Honora wäre, eine gute Partie zu machen." Lachend fuhr sie fort: „Und ich redete ihm auch ein, ich hätte all deine Annäherungsversuche eiskalt zurückgewiesen." Verführerisch hob sie ihm die Lippen entgegen. „Findest du, daß ich eine kalte, gefühllose Frau bin, Ulric?"

Noch bevor sie zu Ende gesprochen hatte, riß er sie in die Arme und küßte sie, bis sie beide von einem wilden Verlangen erfaßt wurden, das alle Gedanken verdrängte.

Am nächsten Morgen legte Emily zwei Zeitungen auf Honoras Bett. „Sie finden's in der Hofkolumne, Miß. Noch nie habe ich so was Aufregendes gelesen! Ich konnte mir denken, daß Sie die Anzeigen sehen wollen. Deshalb habe ich die Zeitungen heraufgebracht, bevor Seine Lordschaft ins Frühstückszimmer geht."

Honora brauchte nicht zu fragen, wovon das Mädchen redete. Während sie am vergangenen Abend mit ihrem Onkel und ihrer Tante diniert hatte, war kein anderes Thema zur Sprache gekommen als die Verlobung.

„Ich finde, du hättest mir die Annonce zeigen sollen, bevor sie zur Gazette und zu den anderen Zeitungen geschickt wurde“, hatte der Graf mit scharfer Stimme gesagt. Honora hatte kurz vor dem Dinner den Salon betreten und seine Worte gehört.

„Tut mir leid, Liebster“, erwiderte Aline. „Ich dachte, das würde dich nicht interessieren. Aber beruhige dich – ich habe die Anzeige völlig korrekt formuliert.“

„Das hoffe ich . . .“ In diesem Augenblick entdeckte der Graf seine Nichte und reichte ihr lächelnd die Hand. „Guten Abend, meine Liebe. Ich freue mich, dich nach so langer Zeit wiederzusehen.“

„Ich freue mich auch, Onkel George“, antwortete sie und küßte ihn auf die Wange.

Aufmerksam musterte er sie. „Ich muß sagen, du bist zu einer sehr hübschen jungen Dame herangewachsen. Würde dein Vater noch leben, wäre er sicher stolz auf dich.“

„Das will ich hoffen, Onkel George. Wie du weißt, konnte er häßliche Frauen nicht ausstehen.“

Er lachte. „Ja, das stimmt. Und ich war immer der Meinung, mein Bruder und ich hätten es geschafft, die zwei schönsten und charmantesten Frauen der Welt zu heiraten.“

Honora überlegte, daß diese Beschreibung auf ihre Mutter zutraf, während man Tante Aline zwar schön nennen konnte, aber nicht charmant. Und wenn sie ehrlich mit sich selber war, mußte sie sich eingestehen, wie unsympathisch sie die Gräfin fand.

„Nachdem du deiner Nichte so nette Komplimente gemacht hast, wirst du hoffentlich genauso großzügig sein, was ihre Aussteuer betrifft“, mischte sich Aline ein.

Wie Honora wußte, sollten diese Worte erneut betonen, wie dankbar sie ihrem Onkel sein mußte, der so gut für sie sorgte, nachdem ihr Vater auf so beklagenswerte Weise versagt hatte. „Ich – will mich bemühen, nicht allzu extravagant zu sein, Onkel“, versprach sie unbehaglich.

„Natürlich mußt du so eingekleidet werden, wie es sich für die künftige Herzogin von Tynemouth geziemt“, entgegnete er. Als er den Namen aussprach, hatte seine Stimme einen sonderbaren Klang, und sie spürte, daß er den Herzog nicht mochte. Aber sie mußte sich irren, denn ihr künftiger Ehemann war zweifellos sehr eng mit ihrem Onkel und ihrer Tante befreundet.

„Bring sie nicht in Verlegenheit, George“, sagte Aline hastig, als hätte sie Angst, ihre Nichte könnte eine unpassende Antwort geben. „Sie ist ohnehin ein bißchen schüchtern, und sie wird schrecklich nervös werden, wenn sie erfährt, was wir noch alles erledigen müssen, bevor wir das Wochenende auf Tyne Castle verbringen können.“

„So – tun wir das?“ fragte der Graf.

„Vielleicht wird es dich langweilen, Liebling, aber die Verwandten des Herzogs – und davon gibt es viel zu viele – wollen natürlich seine Braut kennenlernen. Er meinte, es wäre am besten, Honora allen auf einmal vorzustellen, dann hätte er es hinter sich.“

„Das begreife ich. Und ich hoffe, du mutest mir keine endlose Reihe von Dinnerparties zu. Du weißt, wie ich solche Abende hasse. Außerdem habe ich fast die ganze nächste Woche im Buckingham-Palast zu tun.“

„Ich werde dich nach Möglichkeit schonen“, versprach Aline liebenswürdig. „Aber Honora wird deine Hilfe brauchen. Und du verstehst es viel besser als ich, ihr zu erklären, wie sie sich verhalten muß.“ Mit einem Lächeln, das beinahe natürlich wirkte, wandte sie sich an das junge Mädchen. „Du sollst das Gefühl haben, daß du dich stets auf deinen Onkel verlassen und mit allen Problemen zu ihm kommen kannst."

„Ich – möchte niemandem zur Last fallen."

„Unsinn, meine Liebe!" erwiderte der Graf freundlich. „Ich vertrete sehr gern Vaterstelle an dir, und ich weiß, wie sehr du deinen Papa vermißt. Mir fehlt er auch. In seiner Nähe hatte man stets das Gefühl, das Leben wäre herrlich unkompliziert."

„Ja, er war immer so fröhlich", sagte Honora leise. „Ich vermisse vor allem sein Lachen."

Der Butler meldete, das Dinner wäre angerichtet, und als sie im pompösen Speisesaal saßen, bemühte sich die Gräfin erneut, ihrem Mannn klarzumachen, wie sehr Honora auf seine Unterstützung angewiesen wäre. „All die Frauen, die Ulric mit ihren häßlichen Töchtern verheiraten wollten, werden nur darauf warten, irgendwelche Makel an der armen kleinen Honora zu finden."

„Das dürfte ihnen schwerfallen", entgegnete er galant.

„Sieh nur zu, daß sie sich keinen *faux pas* leistet." Nach einer kleinen Pause fügte sie hinzu: „Ich kann es kaum erwarten, ihre Gesichter zu sehen, wenn ich Honora mit jenem guten Geschmack einkleide, der ihnen allen abgeht – und wenn sie Modelle trägt, die sich die meisten gar nicht leisten können."

Ihre Augen funkelten so boshaft, daß Honora sich fragte, was die erwähnten Damen ihrer Tante angetan haben mochten. Natürlich konnte sie nicht wissen, wie sehr Aline alle Frauen haßte, die es auf den Herzog abgesehen hatten.

Noch während die Gräfin sprach, erkannte sie, daß es ihr nicht leichtfallen würde, Honora noch kostbarer auszustatten als sich selbst – in den teuersten, renommiertesten Salons an der Bond Street. Andererseits, wenn sie dem Mädchen ein unscheinbares Aussehen verlieh – was ohnehin schwierig wäre –, würden ihre Feindinnen den Verdacht hegen, sie hätte einen ganz bestimmten Grund dafür. Obwohl Aline und der Herzog stets vorsichtig waren, bildete sie sich keineswegs ein, ihre sogenannten Freundinnen, die sie mit Adleraugen beobachteten, hätten nichts von der Liaison bemerkt. Ulric und seine vielen Affären lieferten diesen bösartigen Klatschbasen ständigen Gesprächsstoff. Und Aline wußte nur zu gut, wie unbeliebt sie bei den Damen war, seit sie die Londoner Gesellschaft im Sturm erobert hatte.

Aline stammte aus einer vornehmen Familie, die aber wie so viele Aristokraten mit jeder Generation ärmer geworden war. Aufgrund ihrer ungewöhnlichen Schönheit hatten ihre Eltern gehofft, sie würde eine gute Partie machen. Deshalb hatten sie große finanzielle Opfer gebracht, um sie in London König William dem Vierten und Königin Adelaide zu präsentieren. Sobald sie den Ballsaal im Bukkingham-Palast betrat, überstrahlte sie alle andere Debütantinnen und zog die Blicke sämtlicher anwesenden Männer auf sich.

Danach flatterten zahlreiche Einladungen in das Haus, das ihre Eltern für die Londoner Saison gemietet hatten – zu einem relativ günstigen Preis – und in dem sehr bald ihre Verlobungspartie stattfand.

Später dachte Aline, welch glücklicher Zufall den Grafen von Langstone am Abend ihres Debüts als königlicher Oberhofmeister hinter Seiner Majestät postiert hatte, als sie in einem anmutigen Hofknicks versunken war.

William der Vierte war berühmt für die Bemerkungen, die er *sotto voce* zu äußern glaubte, die aber jeder in weitem Umkreis hören könnte. „Ein außerordentlich hübsches Mädchen“, dröhnte seine Stimme durch den Saal.

Und der Graf erwiderte: „Der Geschmack Eurer Majestät ist wie immer über jede Kritik erhaben."

Aline hatte diesen kurzen Wortwechsel belauscht, und als sie sich erhob, lag ein strahlendes Lächeln auf ihren Lippen, das George Langstones Herz sofort eroberte.

Er kannte ihren Vater, und ihre Eltern gerieten in helle Aufregung, als am nächsten Tag eine Dinnereinladung im Langstone House am Grosvenor Square abgegeben wurde. Dies war die Chance, auf die sie gewartet hatten.

Drei Wochen später bat der Graf um Alines Hand. Von dieser Stunde an lag die goldene Zukunft vor ihr, die sie in ihren Jungmädchenträumen herbeigesehnt hatte.

Sie war schon immer raffiniert und berechnend gewesen, und seit ihrem fünfzehnten Lebensjahr vertraute sie voll und ganz auf ihre Schönheit. Schon damals hatte sie gemerkt, daß sich Männer aller Altersstufen zu ihr hingezogen fühlten. Und wenn sie die Freunde ihres Papas angelächelt hatte, war ein seltsamer, verschleierter Ausdruck in deren Augen getreten, als wollten sie Aline demütig bitten, sie auf „väterliche Weise" küssen zu dürfen.

Bald lernte sie, daß das Wort „väterlich" etwas ganz anderes bedeutete, als ihr Vater glaubte. Doch diese Erkenntnis steigerte ihr Selbstvertrauen, und sie war die siegessicherste Debütantin, die jemals die drei Federn des Prinzen von Wales auf dem Kopf getragen hatte.

Der Graf vergötterte sie und war der meistbeneidete Mann am königlichen Hof. Als sie ihm zwei Söhne schenkte, kannte sein Stolz keine Grenzen. Leider war er entsetzlich eifersüchtig. Doch er schöpfte keinen Verdacht, wenn sie im Ehebett jene Leidenschaft vermissen ließ, die er vor seiner Hochzeit in mehreren Frau geweckt hatte. Statt dessen sagte er sich, daß man von einer echten Dame ein eher kühles Temperament erwarten müßte.

Bevor der Herzog auftauchte, fand er allerdings, gewisse Bewunderer seiner Gattin würden sich zu viele Freiheiten herausnehmen, und er erwog sogar, diesen oder jenen zum Duell zu fordern. Aber Aline lachte ihn nur aus. „Wie kannst du nur glauben, ich würde mich für andere Männer interessieren, Liebster! Lord Trevor langweilt mich zu Tode, aber er läßt mir einfach keine Ruhe." Zärtlich schlang sie die Arme um seinen Hals. „Natürlich freut es mich, daß ich den Männern gefalle. Denn das beweist mir, wie anziehend ich auch auf dich wirken muß. Ich wäre todunglücklich, wenn du dich wieder diesen leichten Mädchen zuwenden würdest, für die du vor unserer Begegnung so viel Geld ausgegeben hast."

„Wieso weißt du das?" fragte der Graf mit scharfer Stimme.

„Oh, es gibt viele boshafte Damen, die mir liebend gern erzählen, was für ein Schürzenjäger du einmal warst. Deshalb fürchte ich andauernd, ich könne dich langweilen und du würdest deinen früheren Lebenswandel wieder aufnehmen – in Chelsea oder in St. John's Wood."

Schuldbewußt runzelte er die Stirn. „Seit ich dich kenne, sehe ich keine andere Frau mehr an."

„Das möchte ich dir gern glauben. Aber weil du so attraktiv und reich bist, habe ich ständig Angst, dich zu verlieren."

Diese Beteuerungen entzückten ihn so sehr, daß er vergaß, warum er dieses Gespräch begonnen hatte – nämlich, um sie wegen ihres freizügigen Benehmens gegenüber Lord Trevor zu tadeln.

Aline wußte nur zu gut, wie sie ihn behandeln mußte, und es war ihr stets leichtgefallen, ihm Sand in die Augen zu streuen – bis der Herzog in ihr Leben getreten war. Danach wurde es schwieriger, ihre Gleichgültigkeit zu verbergen, wenn der Graf sie küßte – oder ihren Ärger über seine wiederholten Vorhaltungen, sie würde Tynemouth viel zu oft sehen. Sie begehrte Ulric wie keinen anderen Mann je zuvor in ihrem Leben.

Und daran hatte sich seit dem Augenblick, wo sie ihn zum erstenmal begegnet war, nichts geändert.

Nun würde das Mißtrauen des Grafen endlich unbegründet sein, wenn sie dieselben Hausparties wie der Herzog besuchte. Und er konnte auch keine Einwände mehr erheben, wenn sie auf Dinnerparties neben Ulric saß und sich bei allen gesellschaftlichen Ereignissen vorzugsweise mit dem Gatten ihrer Nichte unterhielt.

Voller Genugtuung dachte sie, daß Honora – so hübsch sie zugegebenermaßen auch sein mochte – viel zu jung und unschuldig war, um den Herzog zu interessieren. Niemand wußte besser als Aline, wie sehr er geistreiche Konversationen mit einer Frau schätzte. Und keine andere konnte sein Verlangen auf so beglückende Weise stillen wie sie. Er gehört mir allein, dachte sie, während sie verkündete: „Morgen gehe ich mit Honora einkaufen. Und abends geben wir eine Dinnerpartie. Du mußt mir sagen, welche deiner Verwandten wir zu uns bitten sollen, liebster George." Der Graf stöhnte auf, als sie fortfuhr: „Nur dreißig Leute, das genügt. Und lade um Himmels willen auch ein paar junge Männer ein, damit uns deine alten Tanten und Kusinen nicht zu Tode langweilen!"

Dies führte zu einer Aufzählung mehrerer Namen, die Honora nichts sagten, wenn ihr auch auffiel, daß die meisten Adelstitel hatten. Sie fragte sich, was der Herzog in diesem Augenblick denken mochte. Fand er immer noch, sie wäre das kleinere von zwei Übeln?

Der Gedanke an ihn erschreckte sie, aber sie bereute ihren Entschluß nicht. Denn sie wußte, daß es keine leeren

Worte gewesen waren, als ihre Tante gedroht hatte, sie ins Kloster zu schicken.

Nach zwei Jahren in dem Florentiner Konvent ahnte sie, wie sehr sich jenes Haus von den Klöstern unterschied, deren Nonnen sich den Armen und Kranken widmeten oder ein Leben in völliger Abgeschiedenheit führten. In Florenz lag die Schule abseits von dem Gebäude, wo die Ordensfrauen schliefen. Es gab nur wenige Schwestern, die keinerlei Kontakt mit den Internatszöglingen hatten und von allem ferngehalten wurden, was sich in der Außenwelt abspielte. Manche Schulfenster gingen zum Garten hinaus, wo diese einsamen Nonnen spazierengingen. Honora hatte sie oft beobachtet und sich gefragt, ob sie es bedauerten, den Schleier genommen zu haben. Obwohl das vielleicht falsch war, war sie überzeugt, diese Frauen würden ein Leben verschwenden, das Gott ihnen geschenkt hatte, damit sie es lebten. Als kleines Mädchen hatte sie einmal mit ihrer Mutter darüber gesprochen.

„Mama, warum gehen manche Frauen in ein Kloster?“ hatte sie gefragt, als sie auf der Straße zwei Nonnen begegnet waren.

„Weil sie gut und fromm sind. Aber ich kann mir nicht helfen – irgendwie tun sie mir leid.“

„Warum, Mama?“

„Ich glaube, der liebe Gott wünscht sich, daß wir unsere Talente zeigen und nicht verbergen.“ Die Mutter sah, wie aufmerksam Honora ihr zuhörte, und fuhr lächelnd fort: „Jesus Christus führte das Leben eines gewöhnlichen Mannes. Er half Joseph in der Tischlerei, bevor er begann, die Botschaft Gottes, seines Vaters, zu verbreiten. Ich glaube, auch wir müssen ein gewöhnliches Leben führen und unsere Fähigkeiten nach besten Kräften nutzen, indem wir Gutes tun und nicht nur beten.“

„Die Nonnen müssen sehr einsam sein, Mama."

„Vielleicht habe ich dir das unzureichend erklärt. Ich bewundere diese Frauen, und es ist natürlich sehr wichtig, regelmäßig zu beten – nicht nur für Klosterfrauen, auch für uns. Aber für dich wünsche ich mir, daß du dein Leben richtig auskostest." Sie lachte leise und fügte hinzu: „Niemand kann das besser als dein Vater."

Das stimmt, dachte sie nun, als sie sich an jenes Gespräch erinnerte. Papa hat jeden Augenblick seines Lebens voll und ganz genossen. Seine Armut war ihm nie zur Last gefallen, und wenn er jemanden getroffen hatte, dem es noch schlechter gegangen war als ihm selbst, hatte er ihm freudigen Herzens geholfen – trotz der großen Opfer, die damit verbunden gewesen waren.

Nein, sagte sie sich, Papa und Mama würden nicht wollen, daß ich in ein Kloster gehe. Deshalb muß ich den Herzog heiraten, weil mir keine andere Wahl bleibt, und versuchen, ihn glücklich zu machen.

Doch das würde ihr schwerfallen. Wie werde ich mich als Frau eines Mannes fühlen, der mich nur notgedrungen geheiratet hat und mich vielleicht gar nicht mag, fragte sie sich, als sie an diesem Abend zu Bett ging. Sie sprach ihre Gebete, und dann wandte sie sich an ihre Eltern im Himmel. „Ich habe solche Angst. Bitte, steht mir bei! Ratet mir, was ich sagen darf und was nicht, denn ich will den Herzog nicht verärgern – sonst ist er so böse auf mich wie Tante Aline."

Sie hoffte, in ihrem Herzen eine Antwort zu hören, aber sie lauschte vergeblich in sich hinein und fühlte sich unendlich einsam.

„Bitte, Mama und Papa", flüsterte sie, „helft mir!"

Aber alles blieb still.

4

Honora hätte nie gedacht, daß es so ermüdend sein könnte, Kleider zu kaufen.

Am nächsten Morgen hatte ihr ein Hausmädchen mitgeteilt, Ihre Ladyschaft würde sie in einer Stunde erwarten. Kaum war sie unten in der Halle eingetroffen, hatte eine scheinbar endlose Hetzjagd begonnen.

Die Gräfin führte sie in den besten und teuersten Salon an der Bond Street, suchte ein Dutzend Modellskizzen sowie die passenden Stoffe aus und erklärte, die neue Garderobe müßte so schnell wie möglich genäht werden. Dann entdeckte sie zwei halbfertige, für andere Kundinnen bestimmte Roben und redete so lange auf die Salonbesitzerin ein, bis diese bereit war, die Kleider für Honora umändern zu lassen. Zwischendurch betonte Aline immer wieder, wie dankbar ihre Nichte für das unglaubliche Glück sein müßte, das ihr vergönnt war.

Die herablassende Art, mit der Aline die Schneiderinnen behandelte und von der künftigen Herzogin sprach, machte Honora verlegen. Ihre Mutter war stets nett und freundlich zu allen dienstbaren Geistern gewesen.

Honora wußte von früher, daß die Gräfin mit bedeutsamen Persönlichkeiten ganz anders umging. Hoffentlich werde ich eines Tages nicht auch so wie meine Tante, dachte sie. Aber das brauchte sie wohl nicht zu befürchten. Sie wollte sich stets so benehmen, wie Mama es wünschen würde, und auch als Herzogin ihre Mitmenschen respektieren.

Aber weil die Salonbesitzerin von Aline Langstones Erklärungen zutiefst beeindruckt war, konnte Honora noch am selben Nachmittag mehrere Kleider anprobieren. Die Frau legte ihr auch exquisite Nachthemden und Unterwäsche vor, schöner als alles, was sich Honora jemals hätte vorstellen können. Als sie das erwähnte, meinte die Gräfin mißmutig: „Die Hausmädchen auf Tyne Castle werden wohl kaum erwarten, daß meine Nichte mit den Fetzen ankommt, die sie im Internat getragen hat." Giftig setzte sie hinzu: „Deine alten Hemden kannst du unmöglich in die Ehe mitbringen."

Dieser Gedanke schien Aline in so miserable Laune zu versetzen, daß Honora nichts mehr zu sagen wagte.

Doch sie war trotz ihres Unbehagens entzückt von den schönen Stoffen und den Roben, die ihre Tante ausgewählt hatte. Und sie dachte daran, wie mühsam sich ihre Mutter jedes neue Kleid vom Mund abgespart hatte.

Honora hatte ihre Nachthemden stets selbst genäht, mit winzigen Stichen, die ihr von Mama beigebracht worden waren und die auch die Nonnen im Kloster beherrschten. Weil es ihr widerstrebt hatte, ihrem Onkel allzusehr auf der Tasche zu liegen, war sie in Florenz sehr bescheiden gewesen, was ihre Garderobe betraf. Das Internat und das Unterrichtsmaterial verschlangen ohnehin schon Unsummen. Aber angesichts der Verachtung, mit der ihre alten Sachen von der Gräfin gestraft wurden, dachte Honora, daß ihre Sparsamkeit vielleicht überflüssig gewesen war. Sie hätte lieber kaufen sollen, was ihr Herz begehrte – wie es die anderen Internatszöglinge taten, deren Rechnungen von der Mutter Oberin an die Eltern geschickt wurden. Aber nun war es zu spät für solche Überlegungen, und sie mußte dankbar sein für alles, was sie bekam.

Was die Einkäufe anging, wurde sie nicht gefragt, aber sie wußte, daß der Geschmack ihrer elegant gekleideten Tante über jeden Zweifel erhaben war. Und die Salonbesitzerin versicherte, die Modellskizzen entsprächen der neuesten Pariser Mode.

Hüte, Schals, Schuhe, Handschuhe und ein Dutzend weiterer Accessoires wurden ebenfalls erworben. Die Gräfin ließ alles ins Langstone House liefern, wo Honora die Sachen in verschiedenen Farben und Formen anprobieren und auf die Kleider abstimmen sollte.

Weil ihre bloße Gegenwart Lady Aline zu ärgern schien, atmete Honora erleichtert auf, als sie bei der Heimkehr erfuhr, daß die Gräfin für den Nachmittag verabredet war. „Mrs. Morton wird sich um dich kümmern. Nach dem Tee komme ich nach Hause. Bis dahin müßtest du mit der Anprobe fertig sein."

„Ich möchte Mrs. Morton nicht belästigen", erwiderte Honora. „Sicher hat sie andere Dinge zu tun. Ich komme auch allein zurecht."

„Mrs. Morton hat meine Befehle zu befolgen. Dafür wird sie bezahlt. Außerdem – falls du es nicht wissen solltest, du mußt einen Chaperon bei dir haben, wenn die Lieferanten eintreffen."

Als die Dinnerpartie begann, war Honora zu müde, um sich darauf zu freuen, und sehr nervös, weil sie fürchtete, den Herzog wiederzusehen.

Wie durch ein Wunder war das Kleid, das sie auf Wunsch ihrer Tante an diesem Abend tragen sollte, eine halbe Stunde vor Ankunft der Gäste geliefert worden. Nie zuvor hatte Honora etwas Schöneres besessen.

Es war weiß, sah aber ganz anders aus als die schlichten, langweiligen weißen Kleider, die junge Mädchen zu tragen pflegten. Winzige Silberperlen schmückten den weiten Rock und eine zarte Spitzenborte den Ausschnitt. Nachdem Honora mit Mrs. Mortons Hilfe in die kostbare Robe geschlüpft war, starrte sie ungläubig in den Spiegel. Eine Märchenprinzessin blickte ihr entgegen. Doch dann fiel ein Schatten auf ihr Glück, als ihr bewußt wurde, daß der Märchenprinz sie nur gezwungenermaßen heiraten würde. Und wenn er heute abend erschien, würde sie nur zu deutlich spüren, wie sehr ihm diese Hochzeit widerstrebte.

Ihre Befürchtungen trafen ein. Der Herzog erschien als einer der ersten Gäste, und so höflich er sich ihr gegenüber auch benahm – sie fühlte, wie unangenehm ihm ihre Gesellschaft war. Das erkannte sie an den Vibrationen, die von ihm ausgingen. Schon vor langer Zeit hatte sie festgestellt, daß alle Menschen Vibrationen ausstrahlten. Die spürte Honora, und seit ihrer Kinderzeit wußte sie, was andere Menschen empfanden – manchmal sogar, was sie dachten.

„Warum mag Papa die Dame nicht, die heute bei uns zu Mittag aß?" hatte sie einmal gefragt, als sie noch ein kleines Mädchen gewesen war.

Ihre Mutter hatte sie konsterniert angeschaut. „Hat Papa dir das gesagt?"

Honora schüttelte den Kopf. „Während wir alle am Tisch saßen, spürte ich, daß er sie haßt. Aber ich glaube, sie weiß es nicht."

„Ganz gewiß nicht!" rief Mama. „Und ich bin überzeugt, daß du dich irrst, mein Liebes."

Aber sie wußte, daß das Kind recht hatte, und sagte später zu ihrem Mann: „Wir müssen vorsichtig sein, wenn wir uns unterhalten und Honora zuhören kann. Sie ist unglaublich feinfühlig und weiß genau, was in uns vorgeht."

Harry Lang lachte. „Das wird ihr später zugutekommen. Aber dir erlaube ich nicht, irgendwelche Spekulationen anzustellen, was meine Gefühle für dich betrifft, Liebling", fügte er hinzu, küßte sie, und sie vergaß Honoras unheimliche Begabung.

Aber später zog sie ihre Tochter oft zu Rate.

„Mochtest du die Gouvernante, die sich heute bei uns vorgestellt hat und dir Französisch beibringen soll?" fragte sie einmal.

„Nein, Mama. Sie log, als sie behauptete, sie würde wie eine Pariserin Französisch sprechen."

„Wieso weißt du das?"

„Ich habe gespürt, daß sie nicht aufrichtig ist."

Weil Honora so felsenfest davon überzeugt gewesen war, hatte Mrs. Lang eine andere Gouvernante engagiert und eine ausgezeichnete Wahl getroffen.

Nun beobachtete Honora den Herzog, während er die Glückwünsche zu seiner Verlobung entgegennahm. Geschickt wich er den Fragen der Gäste aus, die wissen wollten, wo er seiner Braut zum erstenmal begegnet war und wie lange er sie schon kannte. Sämtliche Gäste schienen vor Neugier zu platzen.

Honoras Blicke folgten auch der charmanten, gutgelaunten Gastgeberin. Niemand, der die Gräfin an diesem Abend sah, würde glauben, wie unliebenswürdig sie den ganzen Tag über gewesen war. Aber diese Art von Heuchelei schien in der Londoner Gesellschaft gang und gäbe zu sein. Wie soll ich das jemals ertragen, fragte sich Honora. Nachdenklich betrachtete sie die Leute ringsum und überlegte, ob sie alle zwei Gesichter hatten. An diesem Abend wurde sie mit Komplimenten überschüttet. Aber vielleicht würde man sie ganz anders behandeln, wenn sie nicht die Verlobte des Herzogs wäre.

Nur ein einziges Mal spürte sie, daß jemand ehrlich zu ihr war – als eine ältere Großtante sagte: „Ich kannte deine Eltern, meine Liebe. Sie wären entzückt, dich an der Seite eines so distinguierten Mannes zu sehen. Aber was noch wichtiger ist als der hohe Rang Ulrics, den ich seit seiner Geburt kenne – er ist intelligent und behandelt die Menschen, die auf seinen Landgütern arbeiten, überaus rücksichtsvoll."

Honora schaute sie fragend an, und die alte Dame erklärte: „Ich lebe nur zehn Meilen von Tyne Castle entfernt, und wie du dir denken kannst, reden alle Leute in meinem Dorf unentwegt über den hübschen Herzog und fragen sich seit Jahren, wen er einmal heiraten wird." Sie kicherte leise und fügte hinzu: „Und weil du meine Großnichte bist, wird auch auf mich ein Abglanz deines Ruhmes fallen."

Honora schloß sie sofort ins Herz und meinte impulsiv: „Hoffentlich darf ich dich besuchen, wenn ich auf Tyne Castle wohne, Großtante Louise."

Die alte Frau ergriff die Hand des Mädchens. „Ich bin immer für dich da, wenn du mich brauchst. Dein Vater war mein Lieblingsneffe. In manchen Dingen mag er etwas leichtsinnig gewesen sein, aber er konnte alle Leute zum Lachen bringen, und er fehlt mir sehr. Du vermißt ihn sicher auch."

„Papas Tod hat mein ganzes Leben verändert."

„Ja, wie ich hörte, wurdest du damals nach Florenz geschickt. Aber nun brauchst du dich nicht mehr zu grämen. An Ulrics Seite wirst du das Leben genauso genießen wie seinerzeit dein Papa."

An dieses Gespräch mußte Honora noch lange denken, nachdem sie zu Bett gegangen war. Sie bezweifelte, daß sie in der Ehe mit einem Mann, der so wenig Notiz von ihr nahm, glücklich werden könnte. Er hatte den ganzen Abend kaum ein Wort mit ihr gesprochen. Allerdings war ihr nicht aufgefallen, wie geschickt es die Gräfin verstanden hatte, ihn von seiner Verlobten fernzuhalten.

Beim Abschied hatte er Honora förmlich die Hand gereicht und sie mit kühler Gleichgültigkeit angesehen. Und sie hatte seine Abneigung ebenso deutlich gespürt wie in dem Augenblick, wo ihr Großonkel aufgestanden war, um einen Toast auf das junge Paar auszubringen. Weil es von ihm erwartet worden war, hatte sich der Herzog mit einer kurzen, aber geistreichen Rede revanchiert und erklärt, er hätte zwar selbst eine ganze Menge Verwandte, wäre aber bereit, Neuzugänge mit offenen Armen aufzunehmen. Alle freuten sich über die Komplimente, die er der Familie Lang machte. Nur Honora merkte, wie mühsam er sich zu seinen freundlichen Worten zwingen mußte.

Ihr einziger Trost war der Gutenachtkuß gewesen, den ihr Onkel George am Ende der Dinnerpartie gegeben hatte. „Ich war heute abend sehr stolz auf dich, meine Liebe. Zweifellos wirst du die Tradition der schönen und charmanten Frauen fortsetzen, die es in unserer Familie gab. Und ich bin ebenso überzeugt, daß du eine würdige Nachfolgerin der bisherigen Herzoginnen von Tynemouth bist.“

„Vielen Dank, Onkel George“, hatte Honora erwidert und war dann nach oben geflohen, voller Angst, auch ihre Tante könnte einen Gutenachtkuß von ihr erwarten.

Erst in ihrem Schlafzimmer fühlte sie sich sicher.

Am nächsten Tag mußten weitere Sachen für die Aussteuer gekauft und noch mehr Verwandte empfangen werden.

Die unwichtigen Leute hatte man zum Tee gebeten, und weil der Graf und der Herzog ihre Pflichten im Buckingham-Palast erfüllen mußten, fand an diesem Abend keine Dinnerpartie statt.

Honora hatte sich vor einer unerfreulichen Mahlzeit mit ihrer Tante gefürchtet und atmete erleichtert auf, als die Gräfin erklärte, sie würde im Bett zu Abend essen.

Niemand schlug Honora vor, diesem Beispiel zu folgen, und so nahm sie im Speisesaal einen kleinen Imbiß zu sich. Sie hätte sich sehr einsam ohne die Gesellschaft Daltons gefühlt, der ihr das Essen servierte und dabei von ihrem Vater sprach. Seltsam, wie nett alle Leute von Papa reden, dachte sie. Und dann fragte sie sich, ob der Herzog bei seinen Verwandten und Dienstboten ebenso beliebt war. Das bezweifelte sie, denn sie glaubte, die anderen Leute müßten ihn ebenso fürchten, wie sie der neuerlichen Begegnung auf Tyne Castle in banger Sorge entgegensah. Sie nahm an, ihr neues Heim würde ein düsteres Schloß mit einem hohem Turm sein.

Sie wußte nicht, daß es zu den schönsten historischen Schlössern Englands zählte und sich seit der Normannenzeit im Besitz der Tynes befand. Natürlich war das Gebäude im Lauf der Jahrhunderte vergrößert und modernisiert worden. In der georgianischen Epoche hatte der dritte Herzog ein Vermögen für die Inneneinrichtung ausgegeben. Berühmte Künstler hatten die Ausstattung der Prunkräume entworfen. Wie die Gräfin Langstone behauptete, war Tyne Castle dadurch schöner als das königliche Schloß Windsor.

Honora fand, daß ihre Tante von Ulric Tynemouths Wohnsitz sprach, als würde er ihr gehören, und die Vorzüge dieses Hauses in übertriebenem Maße rühmte.

Auch bei der Ankunft auf Tyne Castle betonte die Gräfin wieder einmal, wie glücklich sich ihre Nichte schätzen mußte, weil sie die Herrin eines so bedeutenden Hauses werden durfte. „Man soll dich im Zimmer der Königin einquartieren. Hoffentlich besitzt du ausreichende historische Kenntnisse und weißt, daß Königin Elizabeth als junges Mädchen hier gewohnt hat – auch später noch, nach ihrer Thronbesteigung.“ Da Honora offensichtlich keine

Ahnung davon hatte, fuhr Aline höhnisch fort: „Was hat man dir eigentlich in diesem teuren Kloster beigebracht? Natürlich – diese Ausländer sind neidisch auf die Briten, spielen unsere Leistungen runter und stellen ihre eigenen in den Vordergrund."

Honora hätte gern erwidert, wie gewissenhaft ihre Lehrer die Geschichte aller wichtigen europäischen Länder behandelt hatten, wußte jedoch, daß dies ein Fehler gewesen wäre.

„Versuch wenigstens, ein paar intelligente Bemerkungen über das Schloß zu machen", fügte die Gräfin hinzu, „nicht dem Herzog gegenüber, denn der würde dir nicht zuhören. Aber seine Familie könnte behaupten, er hätte sich eine klügere Braut aussuchen sollen." Sie wartete keine Antwort ab und verließ Honoras Schlafzimmer, wobei sie verächtlich den Kopf in den Nacken warf, um auszudrücken, wie wenig sie von ihrer Nichte hielt.

Honora verstand diese feindselige Einstellung nicht. In ihrer jugendlichen Unschuld konnte sie nicht ahnen, welche Qualen die Gräfin ausstand, weil eine andere Frau den Platz, den sie selbst ersehnte, an Ulrics Seite einnehmen würde. Doch sie war zu klug, um vor seinen Verwandten ihre wahren Gefühle zu zeigen. Statt dessen pries sie Honoras Qualitäten und erklärte, ihre Nichte würde eine geradezu vollkommene Herzogin sein.

Nur Honora merkte, wie unaufrichtig diese Worte klangen. Sie fühlte sich sehr unbehaglich und war dankbar für die Anwesenheit ihres Onkels.

„Hilf mir, Onkel George", bat sie ihn, als sie am ersten Abend zum Dinner hinuntergingen. „Ich fürchte mich vor diesen vielen fremden Leuten, die mich anstarren, als wäre ich ein Monstrum im Zirkus."

Der Graf lachte. „Du bist doch kein Monstrum."

„So komme ich mir aber vor. Jetzt weiß ich, wie der bärtigen Dame oder dem Kalb mit sechs Beinen zumute sein muß.“

„Wieso weißt du Bescheid über solche Dinge?“

„In Florenz habe ich ein Buch gelesen, in dem die Krönungsfeier König Georges des Vierten geschildert wurde. Dabei fand im Hyde Park ein Fest statt, und da war auch ein Zirkus, wo sonderbare Geschöpfe zur Schau gestellt wurden.“

„Wenn du deinen künftigen Verwandten so etwas erzählst, werden sie schockiert sein.“

„Ich rede nur von solchen Dingen, um einen gelassenen Eindruck zu erwecken“, gestand Honora. „In Wirklichkeit habe ich schreckliche Angst.“

„Bleib in meiner Nähe und überlaß die Familie des Herzogs deiner Tante. Sie weiß diese Leute viel besser zu behandeln als wir.“

Wenn Onkel George so mit mir spricht, ist es fast so, als wäre Papa wieder bei mir, sagte sie sich. Dieser Gedanke ermutigte sie. Lächelnd betrat sie den Salon und wurde von mehreren Anwesenden mit einer Frühlingsblume verglichen.

Wieder nahm sie zahlreiche Glückwünsche entgegen, Toasts wurden ausgebracht, und der Herzog hielt eine kleine Rede. Nach dem Dinner zogen sich einige Gäste an die Spieltische zurück. Als Honora den Herzog auf sich zukommen sah, fragte die Gräfin: „Ich nehme an, du kannst Klavier spielen?“

„Ja, Tante Aline.“

„Dann tu das, aber leise, damit sich die Bridge-Spieler nicht gestört fühlen. Auf diese Weise hast du wenigstens eine Beschäftigung.“

Gehorsam setzte sich Honora an das große Klavier in einem Alkoven des Salons, in dem sich die Gesellschaft nach dem Abendessen versammelt hatte. Es war nicht der grandiose Salon, in dem sie vor dem Dinner die Aperitifs getrunken hatten, sondern – wie Honora erst später erfahren sollte – ein Raum, der nur benutzt wurde, wenn die Gäste Karten spielen wollten. An den Wänden hingen ein paar schöne Gemälde, und sie beschloß, sich diese Kunstwerke bei anderer Gelegenheit genauer anzusehen. Während sie den Klavierdeckel hob, fiel ihr Blick auf den Herzog und ihre Tante, die sich vertraulich unterhielten. Hoffentlich sprechen sie nicht über mich und über irgendwelche Fehler, die ich begangen habe.

Dann begann sie zu spielen, und über der Musik vergaß sie alles andere. Niemanden hatte es jemals interessiert, daß sie im Internat sämtliche Musikpreise gewonnen hatte. Wegen dieser besonderen Begabung hatte die Mutter Oberin darauf bestanden, Honora zusätzlichen Musikunterricht erteilen zu lassen, statt sie zum Zeichnen und Malen anzuhalten, da sie in diesen Fächern weniger talentiert war.

Es bereitete Honora große Freude, die Musik zu spielen, die für ihren italienischen Lehrer wichtiger gewesen war als alles andere im Leben, sogar als Essen und Trinken. „Die Musik muß nicht nur dein eigenes Herz bewegen, sondern auch die Herzen deiner Zuhörer“, hatte er gesagt. „Deshalb spiel nicht mit deinen Fingern – spiel mit deiner Seele.“

Sie verstand nur zu gut, was er damit hatte ausdrücken wollen. Und um ihren musikalischen Gefühlen Gestalt zu verleihen, hatte sie während der letzten Monate in Florenz zu komponieren begonnen. Aus Angst, ausgelacht zu werden, hatte sie das den anderen Mädchen verheimlicht, aber ihrem Lehrer eins ihrer Werke vorgespielt.

„Ein guter Anfang!“ hatte er gemeint. „Die Nebel beginnen sich zu lichten, und wenn du so weitermachst, wirst du eines Tages in dem Paradies aufgenommen werden, das auf alle echten Musiker wartet. Dort werden ihre Kompositionen mit Gott verbunden.“

Daran erinnerte sie sich nun, während sie zunächst einige klassische Stücke spielte. Und weil sie annahm, daß ihr niemand zuhörte, ging sie etwas später zu eigenen Kompositionen über. Ohne es zu wissen, drückte sie in ihrem Vortrag ihre Angst vor der Zukunft aus, ihre Sehnsucht nach jenem Liebesglück, das sie eines Tages in der Ehe zu finden gehofft hatte und das nun für immer verloren war.

Sie konzentrierte sich voll und ganz auf ihr Spiel, und als ihre Finger am Ende einer Melodie innehielten, die aus ihrer Herzenstiefe geströmt war, merkte sie nicht, daß jemand neben ihr stand. Dann hob sie den Kopf und blickte verwirrt in die Augen des Herzogs.

„Wo haben Sie so gut Klavier spielen gelernt?“

„Ich – eh – in Florenz . . .“

„Natürlich, ich vergaß, daß Sie dort zur Schule gegangen sind. Haben Sie dieses letzte Stück selbst komponiert?“

Diese Frage überraschte sie, denn sie hätte nie gedacht, er würde ihr so etwas zutrauen. „Ja“, bestätigte sie, „aber ich wußte nicht, daß mir jemand zuhört.“

Lächelnd versprach er: „Ich werde Ihr Geheimnis niemandem verraten.“

Als er davonging, starrte sie ihm verblüfft nach. Ihre Tante, die sich gerade mit jemand anderem unterhalten hatte, legte dem Herzog eine Hand auf den Arm und schaute zu ihm auf. Das Kerzenlicht des großen Lüsters spiegelte sich in ihrer kostbaren Tiara, und sie sah wunderschön aus. Zu ihrem maßlosen Erstaunen beobachtete

Honora, wie der Herzog ihrer Tante den Rücken kehrte, während diese noch mit ihm redete. Er schlenderte zum anderen Ende des Raumes und setzte sich an einen Kartentisch, von den wütenden Blicken der Gräfin verfolgt.

Verwundert fragte sich Honora, was zwischen den beiden vorgefallen sein mochte. Hoffentlich hing es nicht mit ihr zusammen, denn dann wäre ihre Tante noch schlechter auf sie zu sprechen als bisher.

Während der nächsten Tage im Schloß fand sie keine Gelegenheit mehr, allein mit dem Herzog zu reden. Nicht daß sie ein Gespräch mit ihm gesucht hätte, aber sie fand es seltsam, wie geflissentlich er ihr aus dem Weg ging.

Am ersten Morgen ritt sie mit ihrem Onkel aus. Ulric und zwei seiner Vettern folgten ihnen. Honora fand, es war aufregend, die einzige Dame in einer männlichen Reitgesellschaft zu sein, doch es überraschte sie, daß der Herzog dem Grafen den Platz an ihrer Seite überließ und sich lebhaft mit den beiden anderen Herren unterhielt.

Am letzten Abend auf Tyne Castle, als die meisten Gäste schon abgereist waren, sorgte die Gräfin für eine kleine Sensation. „Ich finde, ihr solltet in der ersten Woche des nächsten Monats heiraten, Ulric."

„Warum so früh?" fragte er mit scharfer Stimme.

„Das wäre doch viel besser für euch beide, sonst müßtest du eine öde Hauspartie nach der anderen geben, so wie dieses Wochenende."

Honora starrte ihre Tante verwundert an, denn bis jetzt hatte sie stets den Eindruck gewonnen, die Gräfin würde solche gesellschaftlichen Ereignisse sehr genießen.

Wie erwartet war der Herzog ein perfekter Gastgeber gewesen. Für die Freunde des Reitsports standen genügend Pferde zur Verfügung, und jene, die sich lieber der

Muße hingaben, konnten sich am prächtig eingerichteten Schloß, an erlesenen Mahlzeiten und an der Gesellschaft sympathischer Nachbarn erfreuen, die täglich zum Lunch und zum Dinner eingeladen wurden. Niemand hätte sich über Langeweile beklagen können. Hervorragend ausgebildete Dienstboten sorgten unentwegt für das Wohl der Gäste.

Honora erwartete, der Herzog würde ihrer Tante zu verstehen geben, sie wäre ungewöhnlich kritisch, wenn sie an dieser Hauspartie etwas auszusetzen hätte. Statt dessen entgegnete er nur: „Nun, ich war der Meinung, es hätte keine Eile – aber ich richte mich gern nach deinen Wünschen."

„Ich denke dabei hauptsächlich an dich", sagte die Gräfin sanft. „Bis jetzt ist mir gar nicht bewußt geworden, wie viele Verwandte wir beide haben – die natürlich alle zu ihrem Recht kommen wollen."

„O ja, das bringen sie klar und deutlich zum Ausdruck. Ich habe schon ein Dutzend Briefe von Vettern erhalten, von deren Existenz ich bis jetzt nichts wußte und die alle eingeladen werden möchten."

„Da siehst du es!" rief Aline. „George und ich haben die gleiche Erfahrung gemacht. Wenn mich noch eine einzige lästige Frau fragt, ob ich glaube, daß du mit Honora glücklich wirst, fange ich wahrscheinlich zu schreien an."

Der Graf sah von seiner Zeitung auf. „Man erwartet wohl kaum von dir, daß du erklärst, Braut und Bräutigam würden unglücklich miteinander werden."

Honora merkte, daß eine kleine Pause entstand, bevor Aline in ihrem unaufrichtigen Tonfall erwiderte: „Natürlich nicht – und ich versichere auch allen Interessenten, die beiden würden unsagbar glücklich werden."

Weil Honora nichts mehr davon hören wollte, stand sie

auf, ging ins Nebenzimmer und ließ die Tür offen. Hätte sie ihre eigenen Wünsche berücksichtigt und sich nach oben zurückgezogen, so wie die anderen Hausgäste, wäre das ihrem Onkel und ihrer Tante sicher unhöflich erschienen. Und so setzte sie sich ans Klavier und begann zu spielen. Nur wenn sie in ihrer Musik versank, konnte sie den Fragen entfliehen, die sie unablässig beschäftigten – dem Gefühl, auf einem Schiff in stürmische Gewässer zu segeln.

Sie hatte bereits einige Minuten lang gespielt, als sie Schritte hinter sich hörte. Noch bevor er das Klavier erreichte, wußte sie, daß der Herzog den Raum betreten und die Tür hinter sich geschlossen hatte.

Sie unterbrach ihren Vortrag nicht, spielte aber etwas leiser.

„Ich muß Sie sprechen, Honora. Sicher finden Sie es unverzeihlich, daß ich es bisher versäumt habe, Ihnen einen Verlobungsring zu geben."

Auf diesen Gedanken war sie nie gekommen. Ihre Finger glitten von den Tasten, und sie sah erstaunt zu ihm auf. „Einen Verlobungsring?"

„Das ist so üblich", entgegnete er trocken. „Ich will Ihnen einen Ring schenken, der sich schon seit vielen Jahren im Besitz meiner Familie befindet. Die Gräfin nannte mir Ihre Größe, und ich ließ ihn für Sie umarbeiten."

Erst jetzt sah sie das kleine Samtetui in seiner Hand. Er stellte es auf das Klavier, öffnete es, und ein kostbarer Diamantring spiegelte das Kerzenlicht wider. Ein großer Stein in der Mitte wurde von zahlreichen kleineren umrahmt. Der Ring war wunderschön, kam ihr aber etwas zu groß vor, und sie fragte sich, ob sie ihn wirklich tragen sollte.

„Dieses Schmuckstück hat eine Geschichte, die mein Verwalter Ihnen sicher gern erzählen wird", erklärte der Herzog. „Sie steht auch in der Familienchronik."

„Vielen Dank", erwiderte sie automatisch.

„Um der Tradition zu entsprechen, müßte ich Ihnen den Ring jetzt an den Finger stecken."

Honora hielt ihm ihre Hand hin und erinnerte sich an die Worte, die ihre Mutter einmal gesagt hatte. „Der Verlobungsring, den mir dein Vater gab, war nicht groß, weil er kein Geld hatte, aber für mich war dieses Juwel das wertvollste von der Welt, und es strahlte einen Zauber aus, der nie verlorenging." Mit einem versonnenen Lächeln hatte sie hinzugefügt: „Aber noch viel mehr beglückten mich die Küsse, die dein Vater auf meine Finger hauchte, bevor er mir den Ring ansteckte, und dabei sagte: ‚Damit binde ich dich an mich, fürs ganze Leben.'"

Honora hatte entzückt aufgeseufzt. „Wie romantisch, Mama. Typisch Papa, daß er so etwas Wundervolles sagte . . ."

„Er sagte mir immer die schönsten Dinge", hatte ihre Mutter leise erwidert.

„Hoffentlich paßt der Ring", bemerkte der Herzog und holte Honora in die Gegenwart zurück.

„O ja, er sitzt perfekt – danke."

„Freut mich, daß er Ihnen gefällt. Meine Mutter war die letzte, die ihn trug. Sie behauptete immer, er wäre ihr Glücksbringer."

Honora schaute auf ihre Hand hinab. „Hoffentlich auch für mich . . ." Sie bezweifelte, daß der Herzog ihr zugehört hatte, denn er war bereits zur Tür gegangen, um ins Nebenzimmer zurückzukehren, wo ihre Tante wartete.

In den nächsten drei Wochen gab es kein anderes Gesprächsthema als die Hochzeitsvorbereitungen. Täglich hatte Honora das Gefühl, daß schon alles darüber gesagt worden war, aber sie täuschte sich.

Bei den Dinnerparties redeten die Leute ausschließlich über das bevorstehende große Ereignis, tagsüber war sie mit Anproben und Einkäufen beschäftigt. Um dem Trubel wenigstens für eine kleine Weile zu entgehen, bat sie ihren Onkel manchmal, mit ihr auszureiten – im Hyde Park, wenn sie sich in London aufhielten, oder auf dem Land in Langstone Hall. Diesen Wunsch erfüllte er ihr.

Ins Schloß wurden sie nicht mehr eingeladen, denn die Gräfin – davon hatte Honora allerdings keine Ahnung – fand es unerträglich, die künftige Herzogin im Mittelpunkt der allgemeinen Aufmerksamkeit zu sehen. Bei jener Hauspartie hatte sie beobachten müssen, wie Ulrics Verwandte und Freunde ihre neue Gastgeberin umschwärmten und sie selbst kaum beachteten. Natürlich war die Gräfin Langstone bei weitem nicht so interessant wie das Mädchen, das die Familienangehörigen und Bekannten bald nach Tyne Castle einladen würde, und deshalb wollten alle einen möglichst guten Eindruck auf Honora machen.

Manchmal hätte Aline vor Wut schreien mögen, aber ihre langjährige Erfahrung als berechnende, stets auf ihren Vorteil bedachte Komödiantin lehrte sie, ihre Gefühle im Zaum zu halten.

„So viele Leute in unserer Grafschaft wollen Braut und Bräutigam kennenlernen“, sagte sie eines Tages zu ihrem Mann, „aber ich habe nicht die Absicht, mich auf Tyne Castle zu langweilen, sobald die Hochzeit vorbei ist.“

Natürlich war der Graf entzückt. Danach fanden die Wochenendparties in Buckinghamshire statt, unterschieden sich für Honora aber nur wenig von jenen Tagen auf Tyne Castle. Zu allen Mahlzeiten erschienen Verwandte und Freunde, nie konnte sie allein mit dem Herzog sprechen – was sie allmählich zu bedauern begann.

Sicher gibt es Dinge, über die wir reden sollten, dachte sie, während der Hochzeitstag immer näher rückte. Ich müßte ihn besser kennenlernen. Aber wie konnte sie das, wenn ihre Tante ihn ständig von ihr fernzuhalten schien?

In Buckinghamshire ritt er zwar mit Honora und ihrem Onkel aus, doch im Londoner Hyde Park gesellte er sich nie zu ihnen. Auf dem Land galoppierte er oft voraus und übersprang hohe Zäune, und der Graf verbot ihr, diesem Beispiel zu folgen. „Ich springe aber sehr gern, Onkel", protestierte sie.

„Dann soll der Herzog auf seinem Privatparcours niedrigere Hindernisse aufstellen lassen, wenn ihr verheiratet seid. Derzeit sind sie zu hoch für eine Frau."

Honora bezweifelte, daß dies auch auf sie zutraf, und beschloß die Hindernisse so auszuprobieren, wie sie jetzt waren.

Sobald sie gehen gelernt hatte, war sie mit ihrem Vater ausgeritten. Er hatte zwar keine so kostbaren Zuchtpferde besessen wie der Graf und der Herzog, aber seine Tochter zu einer hervorragenden Reiterin ausgebildet. Sie war überzeugt, daß kein Hindernis zu hoch für sie war. Wenn sie im Sattel saß, kannte sie keine Angst. Doch darüber sprach sie nicht mit ihrem Onkel. Weil die Gräfin fast alles mißbilligte, was ihre Nichte sagte, und ihr oft vor anderen Leuten über den Mund fuhr, war Honora immer schweigsamer geworden.

Wehmütig überlegte sie, wie gern sie sich einmal mit dem Herzog unterhalten und herausfinden würde, was ihn interessierte. Sie erinnerte sich oft an jenen Augenblick, wo er sie gefragt hatte, ob jenes Klavierstück von ihr stammte und keineswegs erstaunt über ihre bejahende Antwort gewesen war. Vielleicht ist er musikalisch, dachte sie. Das wäre immerhin ein Pluspunkt.

Oder fühlte er sich stärker zur Literatur hingezogen? Honora hatte die riesige Bibliothek auf Tyne Castle gesehen und festgestellt, daß man diese Bücher im Lauf vieler Jahrhunderte zusammengetragen haben mußte. Aber sie wagte nicht, den Herzog zu fragen, ob er gern las.

Auch über seine politischen Ansichten hätte sie gern mit ihm diskutiert. Täglich studierte sie die Zeitungsberichte aus dem Oberhaus, um zu sehen, ob er eine Rede gehalten hatte. Aber zur Zeit schien er im Parlament nicht in Erscheinung zu treten – vielleicht, weil ihn die Hochzeitsvorbereitungen zu sehr beanspruchten.

Honora interessierte sich sehr für Politik. Wenn ihre Eltern auch in einem kleinen Dorf gelebt hatten, sie waren stets auf dem laufenden gewesen, was die politischen Ereignisse betraf – vor allem, wenn es um Reformen gegangen war, die das Landleben beeinflussen konnten.

Da der Herzog so viele Ländereien besaß, mußte er über alle diese Dinge informiert sein. Aber wie sollte sie ihn danach fragen, wenn sie nie mit ihm allein war?

Ihre Aussteuer wuchs mit jedem Tag, und sie begann zu glauben, daß sie unmöglich lange genug leben würde, um all die Kleider zu tragen, die ihre Tante für sie kaufte. Die Gräfin schien geradezu besessen von dem Wunsch zu sein, ein Vermögen auszugeben, was Honora nicht verstand. Wenn der Herzog die vielen Truhen sah, die sie mitbringen würde, mußte er glauben, sie wäre schrecklich extravagant. Wozu brauche ich so viele Kleider, fragte sie sich, wo er doch kein einziges an mir bewundern wird?

Auf dem Ball der Herzogin von Richmond wanderten der Herzog von Tynemouth und die Gräfin von Langstone nonchalant vom Tanzsaal in den Garten. Wortlos schlenderten sie durch die Schatten der Bäume, an denen chinesische Lampions hingen, zu einem entlegenen Teil des Parks, wohin nur wenige Gäste vorgedrungen waren.

Nach einer Weile brach der Herzog das Schweigen. „Das alles macht mich noch wahnsinnig!“

„Ich verstehe dich nur zu gut“, erwiderte Aline zärtlich. „Für mich ist es genauso schlimm, aber wir können nichts dagegen tun.“

„Es ist unnatürlich – und eine reine Qual.“

„Dem kann ich nur beipflichten. Aber nach der Hochzeit wird alles wieder gut.“

„Wieso glaubst du das?“

„Weil wir uns dann diese lästigen offiziellen Einladungen ersparen können. Sobald deine Flitterwochen vorbei sind, können wir uns wieder problemlos treffen.“

Der Herzog gab keine Antwort, und was er dachte, war so offensichtlich, daß Aline hastig hinzufügte: „Honoras wegen brauchst du dir nicht den Kopf zu zerbrechen. Laß sie in London oder im Schloß oder wo immer du willst, und wir geben kleine Parties, mit unseren wahren Freunden. Dann werden wir endlich wieder zusammensein.“

„Wenn bloß die Hochzeit schon vorbei wäre! Manchmal glaube ich allen Ernstes, daß ich verrückt werde, wenn ich noch einen einzigen albernen Toast ausbringen oder eine idiotische Rede halten muß.“

„Wenn du das alles so gräßlich findest, überleg doch mal, was du jetzt in Sachsen-Coburg tun würdest.“

„Ich weiß, ich weiß. Aber das Ganze kommt mir vor wie ein schlechtes Theaterstück, das kein Ende findet, und ich ertrage es nicht mehr.“

„Das mußt du aber, uns beiden zuliebe“, flüsterte Aline. Während des Gesprächs hatte sie ihn, ohne daß es ihm aufgefallen war, in eine Gartenlaube gezogen, die im nächtlichen Schatten lag. Statt sich auf die gepolsterte

Bank zu setzen, schlang die Gräfin ihre Arme um Ulrics Hals. Leidenschaftlich, fast wütend küßte er sie, als wollte er diese Liebkosungen nicht genießen, sondern vielmehr seinem Zorn Luft machen.

Aline schmiegte sich noch enger an ihn, und sein Verlangen wuchs. Sie wußte, daß sie seine Depressionen verscheucht und seine gefährlichen rebellischen Gefühle im Keim erstickt hatte.

Sehr viel später kehrten sie langsam zu den Gästen zurück, die im Lichtschein der Lampions durch den Garten spazierten, und betraten den Ballsaal. Er gehört mir, sagte sich die Gräfin triumphierend. Niemand kann ihn mir wegnehmen – nicht einmal seine Frau . . .

5

Honora schaute aus dem Fenster ihres Zimmers auf Langstone Hall in den hellen Sonnenschein, der an ihrem Hochzeitstag leuchtete. Im Garten entfalteten üppige Blumen ihre Farbenpracht, und die Flaggen über dem Zelt, wo die Pächter und Hausangestellten feiern würden, flatterten in einer sanften Brise.

Bei diesem Wind kann sich niemand über die Hitze beklagen, dachte sie, denn die Fenster des Ballsaals, in dem der Emfpang stattfinden sollte, würden alle geöffnet werden.

Die letzten Tage hatte sie wie im Traum verbracht, und jetzt, wo der Hochzeitsmorgen angebrochen war, konnte sie noch immer nicht glauben, daß dies alles Wirklichkeit war. So viel hatte erledigt werden müssen, und ihre Tante war mit jeder Minute unleidlicher geworden. Schließlich hatte sich Honora in eine Phantasiewelt zurückgezogen, wo sie ihre ungewisse Zukunft vergessen konnte.

Wann immer sie an ihr bevorstehendes Eheleben dachte, wurde sie von nackter Angst erfaßt. Aber abends war sie glücklicherweise immer so erschöpft, daß sie trotz ihres Kummers sofort einschlief.

Jetzt, in diesem letzten Moment, fragte sie sich, ob sie davonlaufen sollte. Sie konnte sich vorstellen, was für einen Skandal sie damit heraufbeschwören würde – aber sie wäre wenigstens frei und sie selbst – nicht bloß die Frau des Herzogs. Sie konnte sich noch immer nicht in der Rolle der Herzogin sehen. Für ihren Mann würde sie vermutlich nur eines seiner Besitztümer sein, so wie ein antiker Stuhl oder ein Gemälde. Wenn ich ein Pferd wäre, würde er mir sicher größere Aufmerksamkeit schenken, dachte sie manchmal. Sie war immer noch zu schüchtern, um von sich aus ein Gespräch mit ihrem Verlobten zu beginnen. Doch das wäre ohnehin unmöglich gewesen, denn wann immer er nach Langstone Hall kam, fand Aline eine Beschäftigung für ihre Nichte, schickte sie in den Oberstock, in den Garten oder in die Stallungen. In ihrer Naivität glaubte Honora, die Gräfin würde sie nur deshalb an einer Unterhaltung mit dem Herzog hindern, weil sie fürchtete, ihre Nichte könnte ihn auffordern, die Hochzeit abzusagen. Aber was für einen Sinn hätte das, wenn ich doch ohnehin tun muß, was von mir verlangt wird, fragte sich die unglückliche Braut, wenn ich keine andere Wahl habe?

Genauso sinnlos wäre es, im allerletzten Augenblick zu verschwinden. Wohin sollte sie gehen? Aline würde sie zurückholen, die Abwesenheit ihrer Nichte mit einer plötzlichen Erkrankung erklären und neue Hochzeitspläne schmieden.

Ich kann gar nichts tun, dachte Honora verzweifelt, und

kann nur beten, daß Mama und Papa vom Himmel auf mich herabschauen und mir helfen werden.

Während sie mit ihrem Onkel zur Kirche fuhr, betete sie unentwegt. Da die Gräfin zahlreiche Einladungen verschickt hatte, wußte Honora, wie dicht besetzt alle Kirchenbänke sein würden. Aber sie hatte nicht erwartet, vor dem Tor eine so große Menge Schaulustiger aus dem Dorf und den umliegenden Gehöften anzutreffen.

Die geschlossene Kutsche ihres Onkels wurde von Pferden gezogen, die Blumensträuße auf den Köpfen trugen. In die Mähnen waren weiße Bänder geflochten. Als Honora ausstieg, scholl ihr lauter Jubel entgegen. Die Frauen berührten sie, weil das angeblich Glück brachte, und riefen: „Gott segne Sie, liebes Mädchen!“ oder: „Wie glücklich werden Sie mit dem hübschesten Mann sein, den es jemals auf Erden gab!“

Die Dorfbewohnerinnen waren nicht die einzigen, die den Herzog bewunderten. Auch seine Verwandten pflegten ihn mit überschwenglichen Komplimenten zu überhäufen und hatten Honora immer wieder erklärt, wie glücklich sie als seine Braut sein müßte. Wie oft hatte sie sich gesagt, daß er besser eine Frau heiraten würde, die ihn ebenso anhimmelte . . .

Natürlich gestand sie sich ein, daß er großartig aussah und ein ausgezeichneter Reiter war. Und nach allem, was sie so gehört hatte, mußte er sehr intelligent sein. Aber sie hatte keine einzige Gelegenheit gefunden, festzustellen, ob er noch andere Vorzüge besaß.

Da die Gräfin ständig an ihr herumnörgelte und die Dummheit ihrer Nichte beklagte, fragte sich Honora, ob ihre Tante sie auch so schlechtmachte, wenn sie mit dem Herzog über sie sprach. Wenn wir jemals einigermaßen glücklich werden wollen, müssen wir Gesprächsthemen haben, sagte sie sich. Wenn ich bloß wüßte, was ihn außer seinen Pferden interessiert . . . Um wenigstens auf diesem Gebiet mithalten zu können, hatte sie täglich die Sportberichte in den Zeitungen gelesen und sich die Namen anderer Besitzer von Rassepferden gemerkt. Sie hatte auch ihrem Onkel Fragen gestellt, aber bald erkannt, daß er wenig Interesse zeigte, über den Herzog zu sprechen. Er schien Ulric Tynemouth auch nicht zu mögen. Das kam ihr allerdings merkwürdig vor, denn ihr Verlobter war doch mit ihrem Onkel und mit ihrer Tante befreundet. Aber sie wagte es nicht, den Grafen geradeheraus zu fragen, was er dachte. Und so lenkte er das Gespräch immer wieder auf ihren Vater, und das war ihr keineswegs unangenehm.

Aber sie hütete sich, ihre Eltern vor Aline zu erwähnen. Inzwischen hatte sie sich an die abfälligen Bemerkungen der Gräfin über Papas Schulden und seine unselige Leidenschaft für eine mittellose Frau gewöhnt, der zuliebe er viele gute Partien ausgeschlagen hatte. „In dieser Beziehung wirst du die Fehler deines Vaters wiedergutmachen", hatte Aline einmal gesagt. „Aber du darfst dich nicht untätig an deinem Reichtum freuen – als Herzogin mußt du dich um die Armen auf den Landgütern deines Mannes kümmern, mußt Hospitäler, Waisenhäuser und Schulen besuchen."

Da sie dies mehrmals wiederholt hatte, fürchtete Honora, ihre eheliche Zukunft könnte auf die gleiche Weise von ihrer Tante organisiert werden wie ihr jetziges Leben.

Ich muß Zeit finden, um zu lesen und mit dem Herzog zu sprechen, sagte sie sich. Aber allein schon der Gedanke, den Rest ihrer Tage auf Gesellschaften zu verbringen – eine Außenseiterin zwischen Leuten, mit denen sie nichts verband –, jagte ihr Angst ein. Ich könnte immer noch davonlaufen, dachte sie auf dem Weg zur Kirche. Dann würde die Königin wohl kaum darauf bestehen, daß der Herzog Prinzessin Sophie heiraten müßte. Zumindest würde sie einige Zeit verstreichen lassen, bevor sie neue Hochzeitspläne für ihren bedeutsamen Höfling schmiedete ...

Aber Honora brachte nicht den Mut zur Flucht auf. Der Jubel der Menschenmenge folgte ihr in das dunkle Kirchenschiff. Das Gotteshaus war zur selben Zeit vergrößert worden, als ihr Großvater seinen Wohnsitz umgestaltet hatte. Fast alle Gäste hatten Sitzplätze gefunden. Dafür hatten große, gutaussehende Platzanweiser gesorgt. Einer dieser Männer lächelte Honora an, als sie die Kirche betrat. Die unverhüllte Bewunderung in seinem Blick tröstete sie ein wenig, und ihre Nervosität begann zu schwinden. Trotzdem klammerte sie sich fest an den Arm ihres Onkels, während sie langsam durch den Mittelgang zu den Altarstufen schritten, wo der Herzog bereits wartete.

Honora trat neben ihren Bräutigam und spürte erneut, wie sehr er sie ablehnte, wie widerwärtig ihm die Rolle war, die er an diesem Tag spielen mußte. Obwohl sie zu beten versuchte, fiel es ihr schwer, an etwas anderes zu denken als an die Gefühle des Mannes, der sie nun zum Altar führte.

Er steckte ihr den Ehering an den Finger, und sie ahnte, daß er in diesem Augenblick nahe daran war, diese Farce in allerletzter Minute zu beenden. Offenbar hatte er sich ebenso mit Fluchtgedanken getragen wie sie, und sie wünschte, sie hätte vorher mit ihm reden können. Vielleicht wäre es möglich gewesen, einen Ausweg für sie beide zu finden.

Jetzt war es zu spät. Der Bischof hatte ihnen seinen Segen gegeben, und sie gingen in die Sakristei, um ihre Namen ins Register zu schreiben. Ich bin verheiratet, sagte sich Honora. Sie wußte, daß auch der Herzog an diese unfaßbare Tatsache dachte, und empfand die Vibrationen seiner Feindseligkeit beinahe wie Blitzschläge.

Irgend jemand – sie wußte nicht, wer – hob ihren Schleier und drapierte ihn über der Tiara, die Aline ihr geliehen hatte. „Du könntest dir auch auf Tyne Castle eine Tiara aussuchen“, hatte sie mißmutig gemeint, „dort gibt's wahrlich genug davon. Aber den Langs würde das merkwürdig vorkommen, und meine Juwelen sind ebenso kostbar wie der Tyne-Schmuck.“

Honora hatte nicht verstanden, wieso überhaupt Aufhebens um dieses Problem gemacht werden mußte, war aber klug genug gewesen, ihre Gedanken nicht auszusprechen.

Wie sie wußte, sah sie trotz ihrer Verzweiflung so aus, wie man es von einer Braut erwartete – wenn ihr Kleid auch kostbarer war, als es sich die meisten Bräute leisten konnten und die Juwelen auf ihrem Kopf und um ihren Hals wie Sterne glitzerten.

Wortlos ging sie am Arm des Herzogs zum Kirchenportal. Auf der Freitreppe wurden sie erneut bejubelt und mit Rosenblättern beworfen. Um der Tradition zu entsprechen, hatte die Gräfin bestimmt, daß sie alle in offenen Kutschen zum Haus zurückkehren müßten. Nun rannten die Dorfkinder neben ihnen her, während sie durch die Eichenallee fuhren, und fröhliche Gratulanten winkten ihnen zu.

Nach wenigen Minuten erreichten sie Langstone Hall. Dienstboten halfen Honora aus der Kutsche, dann betrat sie mit dem Herzog die Halle, und sie gingen den Korridor entlang, der zum Ballsaal führte.

Weil ihre Nichte keine Freundinnen in England hatte, war die Gräfin bereit gewesen, auf Brautjungfern zu verzichten. Ein Lakai trug den kurzen Brautschleier, und dadurch fand Honora keine Möglichkeit, ein Gespräch mit ihrem frisch angetrauten Ehemann zu beginnen. Als sie im Ballsaal ankamen, wurden sie bereits von Aline und George Langstone erwartet, die in einem anderen Wagen zurückgefahren waren. Die beiden hatten das Haus durch eine Seitentür betreten, um die Gäste empfangen zu können.

Eine Stunde später begann Honora zu glauben, die Finger müßten ihr abfallen, weil sie so viele Hände geschüttelt hatte. Noch erstaunlicher fand sie die große Anzahl der Leute, die darauf bestanden, ihr einen Kuß zu geben. Allerdings mußte der Herzog in dieser Hinsicht noch viel mehr ertragen.

Onkel George brachte ihr ein Glas Champagner. „Du bist sicher erschöpft, meine Liebe, aber es ist an der Zeit, die Hochzeitstorte anzuschneiden."

Honora schaute zu ihrem Mann hinüber, und seine Augen verrieten ihr deutlich, wie gern er jetzt woanders wäre.

Ihre Tante hatte ihr in jenem scharfen Ton erklärt, der keinen Widerspruch duldete, die Braut müßte sich sofort umziehen, wenn die Torte angeschnitten war.

„Und was geschieht dann?" hatte sie sich erkundigt und nicht begriffen, warum die Gräfin wieder einmal ärgerlich geworden war.

„Du übernachtest in London. Danach wird dich Ulric sicher über seine weiteren Pläne informieren."

Es überraschte Honora, daß ihre Tante das nicht wußte, aber wie so oft hielt sie es für unklug, Fragen zu stellen. Glücklicherweise lag Langstone Hall nur zwei Fahrtstunden von London entfernt.

Die Torte war ein Kunstwerk aus der Küche des Grafen und wurde mit einem Schwert angeschnitten, dann stieß man auf die Gesundheit des jungen Paares an, und der Herzog bedankte sich mit einer kurzen Rede. Danach wurde Honora von ihrer Tante zu ihrem Zimmer hinaufgescheucht, wo Emily bereitstand, die ihr während der Flitterwochen als Kammerzofe dienen sollte.

„Beeil dich!" befahl die Gräfin. „Eine Frau darf ihren Ehemann niemals warten lassen." Mit diesen Worten ließ sie ihre Nichte und Emily allein.

„Wie schön Sie sind, Miß – ich meine – Euer Gnaden!" rief das Mädchen. „Alle Leute sagen, sie hätten nie zuvor eine hübschere Braut gesehen."

„Das freut mich", entgegnete Honora und dachte, daß es zweifellos eine Person gab, die anderer Meinung war, und zwar ihr Mann, falls er sie überhaupt angeschaut hatte.

Während sie an ihn dachte, spürte sie einen schweren Kloß in ihrer Brust, der mit jeder Minute zu wachsen schien, während sie sich umzog. Bald würde sie mit dem Herzog und seinem Haß allein sein . . . „Hilf mir, Papa!" flüsterte sie.

„Sagten Sie etwas, Euer Gnaden?" fragte Emily.

„Ich habe mit mir selbst gesprochen", antwortete Honora. „Geben Sie mir meinen Hut, Emily. Die Pferde werden sicher schon ungeduldig."

„Sie werden lange vor mir in London eintreffen, Euer Gnaden, da Ihr Wagen von den besten Pferden weit und breit gezogen wird." Honora schaute das Mädchen verwundert an, und Emily hob die Brauen. „Wußten Sie nicht, daß Sie im Vierspänner des Herzogs fahren werden, Euer Gnaden? Das ist sicher viel angenehmer, als in einer geschlossenen Kutsche zu sitzen, denn Sie werden den frischen Fahrtwind spüren."

Und der wird mir auch ein Gespräch mit meinem Mann

ersparen, dachte Honora erleichtert. Im Augenblick war eine solche Konversation das letzte, was sie sich wünschte, obwohl sie sich so oft danach gesehnt hatte. Sicher würde er um so wütender sein, weil er seine Freunde und Verwandten an der Seite einer fremden Frau verlassen mußte, die er nur geheiratet hatte, um einer deutschen Prinzessin zu entrinnen. Aber vielleicht lerne ich ihn endlich kennen, wenn wir allein sind, sagte sie sich. Gleichzeitig spürte sie den Stein in ihrer Brust immer schmerzhafter, und ihr Mund war staubtrocken.

Sie verknotete gerade ihre Hutbänder unter dem Kinn, als ihre Tante zurückkam. „Bist du fertig? Du hast lange genug gebraucht."

„Ich habe mich sehr beeilt, Tante Aline."

„Gehen Sie jetzt, Emily. Der Dienstbotenwagen wartet. Und vergessen Sie bloß kein Gepäckstück, sonst werde ich ungehalten."

„Ich habe an alles gedacht, Mylady", erwiderte das Mädchen.

„Warum halten Sie dann immer noch Maulaffen feil?"

Emily rannte aus dem Zimmer, und die Gräfin ging zu ihrer Nichte, die vor dem Toilettentisch saß. Schweigend blieb sie stehen, und Honora sah ängstlich zu ihr auf. Fand Aline wieder etwas an ihr auszusetzen?

„Du bist jetzt verheiratet", sagte Aline nach einer langen Pause. „Langweile den Herzog um Himmels willen nicht mit Beteuerungen deiner Zuneigung, denn so etwas haßt er wie die Pest!"

Honora schluckte verwirrt. „Nein – das werde ich gewiß nicht tun", stammelte sie.

„Je früher du ihm ein Kind schenkst, desto besser", fuhr die Gräfin fort. „Er braucht einen Erben, aber es gibt andererseits keinen Grund, diese Notwendigkeit übermäßig zu dramatisieren." Sonst hatte sie anscheinend nichts zu sagen. Sie eilte zur Tür, und deshalb entging ihr das Entsetzen in Honoras Augen.

Als sie Langstone Hall verlassen hatten und rasend schnell hinter vier prächtigen Pferden dahinfuhren, dachte Honora immer noch an die unglaublichen Worte ihrer Tante. Weil sie so überstürzt geheiratet hatte und davor nie mit dem Herzog allein gewesen war, hatte sie niemals auch nur sekundenlang erwogen, er könnte einen Stammhalter von ihr erwarten. Wie soll ich es ertragen, in den Armen eines Mannes zu liegen, den ich kaum kenne, fragte sie sich bedrückt. Sie wußte nur wenig über die natürlichen Vorgänge, die mit der Zeugung und Geburt eines Kindes zusammenhingen. Im Kloster hatte man nicht darüber gesprochen, und vor dem Tod ihrer Mutter war Honora zu jung gewesen, um solche Fragen zu stellen.

Der Herzog konzentrierte sich ausschließlich auf seine Pferde, und während die Landschaft an ihr vorbeiglitt, versuchte sich Honora mit dem Gedanken zu trösten, daß ihre Tante Dinge erwähnt hatte, die erst in vielen Monaten geschehen würden. Immerhin hat er mich noch kein einziges Mal geküßt, überlegte sie. Und – er wird mich sicher erst anrühren, wenn er mich nicht mehr haßt – wenn wir Freunde geworden sind.

Diese Erkenntnis beruhigte sie. Und als der Herzog sie nach fast einstündiger Fahrt nach ihrem Befinden fragte, konnte sie unbefangen entgegnen: „Danke, es geht mir gut, und ich bin froh, daß ich in keiner geschlossenen Kutsche sitze."

„Auch ich finde solche Wagen unerträglich. Ein Regenschauer hätte uns allerdings daran gehindert, London in so kurzer Zeit zu erreichen."

„Dann freue ich mich über das schöne Wetter – und diese herrlichen Pferde."

„Ich habe dieses Gespann vor sechs Monaten gekauft, es war teuer, aber sein Geld wert."

„Das bezweifle ich nicht."

Schweigend fuhren sie weiter, und Honora sagte sich, daß ihre Ängste vor Intimitäten grundlos gewesen waren. Der Herzog behandelte sie so gleichgültig, als wäre sie eine Fremde und nicht seine Frau.

Vor dem Tynemouth House in der Park Lane standen die Dienstboten in Reih' und Glied, um das junge Paar zu begrüßen. Nachdem Honora allen Bediensteten vom Butler bis zum kleinsten Küchenjungen, die Hände geschüttelt hatte, fragte der Herzog: „Möchtest du ein Glas Champagner trinken oder lieber sofort in dein Zimmer gehen?"

„Ich würde mich gern zurückziehen", erwiderte Honora.

Sie spürte, daß ihn diese Antwort erleichterte. Die Haushälterin, die in ihrem raschelnden schwarzen Seidenkleid wie Mrs. Morton aussah, geleitete sie die Treppe hinauf.

Honoras Zimmer mit dem riesigen, reichgeschnitzten und vergoldeten Doppelbett, an dem blaue Seidengardinen hingen, war sehr eindrucksvoll.

„Das war immer das Gemach der Herzogin", erklärte die Haushälterin.

„Es ist sehr schön", meinte Honora. „Würden Sie mir Ihren Namen nennen?"

„Ich bin Mrs. Barnes, und ich hoffe, Euer Gnaden haben es hier bequem genug. Beatrice, eines unserer Hausmädchen, wird für Sie sorgen, bis Ihre Zofe eintrifft."

„Ich fürchte, daß wird noch lange dauern, denn keine

Pferde sind auch nur annähernd so schnell wie das wunderbare Gespann meines Mannes."

„Da haben Sie recht, Euer Gnaden. Wegen Ihres Gepäcks brauchen Sie keine Bedenken zu haben, denn ein Teil Ihrer Garderobe wurde direkt aus der Bond Street geliefert." Mrs. Barnes öffnete den Schrank, und Honora sah ein Dutzend Kleider darin hängen, die ihre Tante für die Aussteuer bestellt hatte.

Sie nahm ein Bad, dann wurde ihr eine elegante Robe vorgelegt, die so ähnlich aussah wie ihr Brautkleid. Weil Mrs. Barnes erwartete, daß die frischgebackene Herzogin Weiß trug, widersprach Honora nicht und ließ sich in das Spitzenkleid helfen, das mit weißen Seidenröschen verziert war.

„Ihre Zofe wird sicher wissen, welche Garderobe Sie morgen auf der Hochzeitsreise mitnehmen, Euer Gnaden", bemerkte die Haushälterin.

„Hochzeitsreise?" wiederholte Honora verwirrt.

„Soviel ich weiß, beabsichtigen Seine Gnaden die Jagdhütte in Leicestershire aufzusuchen." Lächelnd fügte Mrs. Barnes hinzu: „Ein sehr hübsches Haus, Euer Gnaden, und wirklich komfortabel. Und der Garten ist fast so schön wie auf Tyne Castle."

„Ich freue mich schon sehr darauf. Emily wird sicher wissen, was sie einpacken muß."

Nachdem Honora ihre Toilette beendet hatte, stieg sie langsam die Treppe hinab, von neuer Furcht erfaßt.

Ich muß versuchen, mich ganz natürlich zu benehmen, ermahnte sie sich. Das würde Mama von mir verlangen. Schließlich bin ich jetzt die Frau des Herzogs. Wir können uns nicht bis in alle Ewigkeit hassen, nur weil wir zu dieser Heirat gezwungen wurden.

Doch das war leichter gedacht als getan. Und als sie das

Zimmer betrat, in dem der Herzog auf sie wartete, zitterte sie ein wenig. Sie war schon auf mehreren Dinnerparties in Tynemouth House gewesen, und deshalb wußte sie, daß sie jetzt nicht im großen Salon saßen, sondern in einem kleineren, gemütlichen Raum mit hohen Bücherregalen. In diesem Augenblick vergaß sie ihre Angst vor Ulric und rief aus: „Oh, wie viele Bücher du besitzt! Großartig! Ich dachte, du hättest nur auf Tyne Castle eine Bibliothek."

„Diese hier habe ich für mich selbst gekauft."

„Vielleicht klingt das jetzt unhöflich", begann sie zögernd, „aber in deinem Schloß habe ich mich oft gefragt, ob die Bücher von deinen Ahnherren ausgesucht wurden – und ob du dich selbst überhaupt dafür interessierst."

„Zufällig lese ich sehr viel", erwiderte der Herzog. „Und wie ich deinen Worten entnehme, tust du das auch."

„Natürlich, Bücher bedeuten mir sehr viel. Vor allem im Internat habe ich oft gelesen." Damit er nicht glaubte, sie würde von Schulbüchern sprechen, erklärte sie hastig: „Wenn die anderen Mädchen ihre Ferien zu Hause verbrachten, blieb ich im Kloster. Die Nonnen konnten sich nur selten um mich kümmern, weil sie ihre Ordenspflichten erfüllen mußten, und so fand ich viel Zeit zum Lesen. Natürlich hatte ich zu wenig Geld, um mir alle Bücher zu kaufen, die mich interessierten. Aber glücklicherweise gibt es in Florenz eine kleine Leihbibliothek."

Ulric goß ihr ein Glas Champagner ein. „Ich würde gern wissen, welche Art von Literatur du bevorzugst."

„Oh, das ist ganz verschieden. Meine Lieblingslektüre reicht von den elisabethanischen Dichtern bis zu den französischen Romanciers."

Er lachte. „Also muß ich hier noch weitere Bücherregale aufstellen lassen, und in deinem Boudoir auch."

„Das wäre eine angenehme Abwechslung für mich,

denn bei mir zu Hause lagen die Bücher immer auf dem Boden. Papa und Mama lasen so viele Bücher, das sie keinen Platz dafür fanden."

„Ich habe deinen Vater nicht als Leseratte in Erinnerung."

„Papa genoß alles, was er tat – aber eigentlich war es Mama, die seine Begeisterung für Literatur weckte. Er las zwar am liebsten Fachbücher über Pferde, doch wir führten lebhafte Diskussionen über die vielfältigsten Themen, wenn er – daheim war."

Der Herzog hatte ihr kurzes Zögern vor den letzten beiden Worten bemerkt. „Wurde er von deiner Mutter begleitet, wenn er Freunde besuchte?"

Honora erkannte, daß dies eine bedeutsame Frage war, die sie selbst betraf, und sie antwortete wahrheitsgemäß: „Sie wollte immer mitkommen, weil sie sich nur ungern von Papa trennte. Aber zu manchen Jagdparties oder Pferderennen wurden keine Damen eingeladen." Leise fügte sie hinzu: „Dann blieb sie zu Hause und vermißte ihn so sehr, daß sie sich nur mit Büchern über seine Abwesenheit hinwegtrösten konnte."

Der Herzog wollte etwas sagen, doch da meldete der Butler, das Dinner wäre angerichtet. Sie gingen in den Speisesaal, den Honora bereits kannte.

Weiße Blumen schmückten die Tafel, und das Menü bestand aus mehreren Gängen, die dem Küchenchef für diesen Anlaß opportun erschienen waren. Als sich die Lakaien für einen Augenblick außer Hörweite begeben hatten, flüsterte Honora verschwörerisch: „Das kann ich unmöglich alles essen."

„Ich auch nicht", gestand Ulric, „aber wir sollten wenigstens unser Bestes tun."

„Natürlich, sonst wäre dein Koch gekränkt." Sie warf

einen Blick auf die Speisekarte, die an einem goldenen Ständer lehnte und mit dem herzoglichen Monogramm verziert war. „O Gott, es gibt auch noch Torte!"

Er stöhnte, dann meinte er erleichtert: „Wenigstens muß ich keine Rede halten, wenn sie angeschnitten wird."

„Ich finde, deine heutige Ansprache war die beste von allen", sagte Honora lächelnd.

„Weil sie die kürzeste war?"

„Nein – weil du das, worauf es ankam, in knappen, präzisen und noch dazu geistreichen Worten formuliert hast."

Ulric zwinkerte ihr zu. „Dein Lob entzückt mich, Honora."

Das Blut stieg ihr in die Wangen. „Vielleicht findest du, daß es mir nicht zusteht, meine Ansichten über solche Dinge zu äußern, aber – ich habe es ehrlich gemeint."

„Da du in einem Kloster warst, schwindelst du vermutlich niemals."

„Ich wurde von meinen Eltern dazu erzogen, stets bei der Wahrheit zu bleiben", korrigierte sie. „Papa und Mama haßten alle unaufrichtigen Leute. Und sie spürten es genauso wie ich sofort, wenn jemand log."

Sie glaubte zu beobachten wie der Herzog leicht die Stirn runzelte, und überlegte, ob sie etwas Falsches gesagt hatte. Dann servierte der Diener einen weiteren Gang, und sie begannen, über andere Dinge zu sprechen.

Honora war froh, als die anstrengende Mahlzeit beendet war. Der Herzog verzichtete auf ein Glas Portwein und kehrte mit seiner Frau in das Wohnzimmer zurück, wo sie sich vor dem Dinner getroffen hatten.

Sie betrachtete wieder die Bücher, entdeckte mehrere Titel, die sie bereits kannte, und andere, die sie schon seit langer Zeit lesen wollte. Langsam wanderte sie von einem Regal zum anderen, dann wurde ihr bewußt, wie unhöflich sie sich benahm. Ihr Mann erwartete sicher, daß sie sich mit ihm unterhielt. Schuldbewußt setzte sie sich zu ihm. „Tut mir leid. Ich bin schrecklich selbstsüchtig und denke an Bücher, statt mein Bestes zu tun, um dich zu amüsieren."

„Verhältst du dich jetzt so, wie man es dir beigebracht hat – oder wie du es willst?"

„Mama sagte immer, es wäre ungezogen, nicht zu reden, wenn man Gäste hat . . ." Nach einer kleinen Pause verbesserte sie sich: „Aber du bist natürlich nicht mein Gast – eher ich deiner."

„Auch das ist ein Irrtum. Wenn ich mich recht entsinne, habe ich heute gelobt, dich an allen meinen irdischen Gütern teilhaben zu lassen, und dazu gehört auch mein Haus."

„Ja – aber ich komme mir hier noch so fremd vor."

„Du wirst dich bald einleben", meinte der Herzog leichthin, „und mir zweifellos schon in Kürze mitteilen, wie du die Einrichtung umgestalten möchtest."

Sie schüttelte den Kopf. „Das glaube ich nicht. Dieses Haus gefällt mir sehr gut, und das Schloß ist geradezu vollkommen. Der Haushalt läuft wie am Schnürchen, wie ein perfekt geprobtes Theaterstück, wo jeder seine Rolle einwandfrei beherrscht."

„Betrachtest du dich als Hauptdarstellerin?" Der spöttische Unterton in seiner Stimme entging ihr nicht.

„An jenem Wochenende auf Tyne Castle betrachtete ich mich eher als Zuschauerin, die nur wenig Anteil an den diversen Vorgängen hatte."

„Wenn du diesen Eindruck gewonnen hast, muß ich mich entschuldigen."

„O nein!" widersprach Honora hastig. „Vielleicht ist es manchmal ein Fehler, immer die Wahrheit zu sagen . . .

Aber mir kommt das alles so fremd und seltsam vor, nachdem ich zwei Jahre im Internat verbracht und davor auf dem Land gelebt habe." Seufzend fügte sie hinzu: „Wahrscheinlich werde ich viele Fehler machen. Du darfst mir nicht allzu böse sein."

Er musterte sie, als wollte er etwas erwidern, doch statt dessen warf er einen Blick auf die Uhr. „Es ist schon spät, und du hast einen langen Tag hinter dir, Honora. Du solltest dich jetzt hinlegen." Als hätte er ihr einen Befehl erteilt, stand sie sofort auf. „Ich gehe auch bald hinauf", fuhr er fort.

Sekundenlang glaubte Honora, sie hätte sich verhört. Und als er ihr die Tür zur Halle aufhielt, erinnerte sie sich an alles, was ihre Tante beim Abschied gesagt hatte. Entsetzt erkannte sie, was der Herzog beabsichtigte. Er würde in ihr Schlafzimmer kommen und ihr ein Baby schenken – wenn sie auch keine Ahnung hatte, wie das geschehen sollte.

Er darf es nicht tun, überlegte sie unglücklich und wollte schon ins Wohnzimmer zurückkehren, um ihm das klarzumachen. Doch dann wurde ihr zum erstenmal bewußt, daß sie seine Frau war – mit allen Konsequenzen. Sie mußte sich so verhalten, wie es von ihr erwartet wurde, es gab keinen Ausweg.

Er kann es nicht tun – er darf es nicht tun, dachte sie und spürte erneut den schweren Kloß in ihrer Brust. Sie konnte keinen klaren Gedanken mehr fassen.

Automatisch ging sie zur Treppe, und dort sah sie auf einem Stuhl ihr Cape liegen, das sie für die Fahrt im Vierspänner mitgenommen hatte und das ihr dann zu warm gewesen war. Vielleicht hatte man es für morgen bereitgelegt – für die Reise nach Leicestershire . . .

O Gott, ich muß nachdenken, sagte sie sich. Was soll ich

heute nacht tun – welche Erklärung kann ich meinem Mann geben?

Die Hauswände schienen sie einzuschließen wie die Mauern eines Gefängnisses, aus dem sie niemals würde fliehen können, wo sie ihre Identität verlor und nicht mehr sie selbst war . . .

Ich muß nachdenken – gründlich nachdenken . . .

Sie ergriff ihr Cape, warf es um ihre Schultern und eilte zur Vordertür. Ein Lakai, der dort Wache hielt, starrte sie verblüfft an.

„Bitte, öffnen Sie die Tür!" sagte sie mit gepreßter Stimme.

„Soll ich eine Kutsche vorfahren lassen, Euer Gnaden?"

„Nein, danke."

Die Tür schwang auf. Honora ging hinaus und stieg die Eingangsstufen hinab. An der anderen Straßenseite lag der Park, und sie beschloß, dort Zuflucht zu suchen, sich auf eine Bank zu setzen und in Ruhe zu überlegen, was sie tun sollte. In der frischen Luft würde sie viel eher einen klaren Gedanken fassen können als in ihrem Schlafzimmer, das der Herzog jeden Augenblick betreten würde.

Auf der Straße herrschte kein Verkehr, und sie lief zum Park hinüber. Als sie den Gehsteig erreichte, blieb sie unschlüssig vor dem hohen, schmiedeeisernen Zaun stehen. Sie wußte, wo sich die Eingangstore befanden, hatte aber keine Ahnung, ob sie nachts geöffnet waren. Nun, das würde sie bald feststellen. Entschlossen eilte sie die Park Lane hinab. Dabei erinnerte sie sich bedrückt an die Worte ihrer Tante – und an ihren Mann, der in trockenem Ton angekündigt hatte: „Ich gehe auch bald nach oben."

Plötzlich wurde sie von einer wütenden Frauenstimme aus ihren Gedanken gerissen. „Ha, was machen Sie denn da? Das ist mein Revier! Sie haben kein Recht, hier rumzulaufen!“

Verdutzt blieb Honora stehen und blinzelte eine Frau an, die ihr höchst sonderbar und fremdartig erschien – bis sie erkannte, woran das lag. Das Gesicht der Dame war bemalt. Sie hatte rosa Wangen, schwarz getuschte Wimpern und einen knallroten Mund. Und sie sah so exotisch aus, daß Honora sie ein paar Sekunden lang nur sprachlos anstarren konnte. Dann erholte sie sich allmählich von ihrer Überraschung, und während ihr Blick über den auffallenden Federhut der Dame und das rote Cape mit dem Pelzbesatz glitt, erwiderte sie: „Tut mir leid – ich verstehe Sie nicht . . .“

„Oh, Sie verstehen mich sehr gut“, stieß die Frau hervor. Sie hatte einen starken Cockney-Akzent. Nachdem sie vergeblich auf eine Antwort gewartet hatte, fuhr sie ungeduldig fort: „Hier arbeite *ich,* also verschwinden Sie, und suchen Sie sich einen anderen Platz!“

„Ich – ich wollte in den Park gehen“, erklärte Honora.

„Als ob Sie nicht wüßten, daß der nachts geschlossen ist!“ erwiderte die Frau verächtlich. „Versuchen Sie bloß nicht, mich auf den Arm zu nehmen!“

Honora sagte sich, daß die Frau vermutlich verrückt war, und hielt es für das beste, wieder auf die andere Straßenseite zu gehen.

Sie wollte gerade den Gehsteig verlassen, als zwei Männer auftauchten.

„Hast du Ärger, Molly?“ fragte der eine.

„Diese unverschämte Person treibt sich in meinem Revier herum. Ich hab' ihr gesagt, sie soll abhauen, aber anscheinend kann sie kein Englisch.“

Die Männer sahen wenig vertrauenerweckend aus, und als sie sich zu Honora wandten, sagte sie hastig: „Tut mir leid, wenn ich irgend jemandem zu nahegetreten bin ... Das wollte ich nicht ... Ich gehe jetzt ...“ Ehe sie die Straße überqueren konnte, näherte sich ein Wagen, und sie mußte warten, bis er vorbeigefahren war.

Sie sah nicht, daß die beiden Männer vielsagende Blicke wechselten, aber sie hörte den einen sagen: „Wir werden uns um Sie kümmern, Mädchen. In Zukunft werden Sie Molly nicht mehr belästigen. Es gibt genug hübsche Plätzchen, die sind genauso einträglich wie dieser.“

Sie packten Honora an den Armen. Kalte Angst stieg in ihr auf. „Danke, ich komme schon allein zurecht. Ich – ich gehe jetzt nach Hause.“

„Das wäre ein Fehler“, meinte einer der Männer.

„Das finde ich auch“, fügte der andere hinzu. „Sie kommen mit uns, Mädchen.“

„Nein!“ rief Honora. „Das will ich nicht ...“ Sie versuchte sich loszureißen, aber die zwei Kerle hatten sie in die Mitte genommen und hielten ihre Arme eisern fest. Eine Mietkutsche fuhr die Straße entlang, und einer der Männer winkte sie herbei.

„Nein – bitte – ich – ich muß nach Hause!“ stammelte Honora.

Die beiden schienen ihr nicht zuzuhören. Ehe sie wußte, wie ihr geschah, wurde sie in den Wagen geschoben.

Eingekeilt zwischen den beiden Männern, saß sie auf der Sitzbank. An eine Flucht war nicht zu denken. Während der Wagen anfuhr, flehte sie verzweifelt: „Bitte! Sie machen einen großen Fehler! Ich wohne gleich da drüben auf der anderen Straßenseite. Und ich muß unbedingt sofort nach Hause!“

„Das können Sie Kate erzählen“, erklärte einer ihrer Entführer. „Die weiß, wie man mit Ihresgleichen umgeht.“

„Oh, Sie verstehen mich nicht . . .“ Honora fühlte sich elend. „Ich bin nur aus dem Haus gegangen, weil ich mich für ein paar Minuten in den Park setzen wollte. Sicher macht man sich schon Sorgen, weil ich so lange wegbleibe.“ Während sie sprach, überlegte sie, wie erstaunt der Herzog sein würde, wenn er sie nicht in ihrem Schlafzimmer antraf.

Würde der Lakai ihm erzählen, daß sie das Haus verlassen hatte? Das würde Ulric wahrscheinlich noch seltsamer finden.

Sie konnte sich nicht denken, was die Männer mit ihr vorhatten, und sie war so verängstigt, daß sie vorerst nichts mehr zu sagen wußte. Wenn sie schrie, würde der Kutscher wahrscheinlich gar keine Notiz von ihr nehmen. Was soll ich bloß machen? fragte sie sich verzweifelt.

Plötzlich hatte sie eine Idee. „Wenn Sie Geld wollen, bringen Sie mich zurück. Ich zahle, was Sie verlangen.“

„Wir bringen Sie zu Kate, und dabei bleibt's“, entgegnete einer der Männer, und es hörte sich beinahe so an, als hätte er eine Lektion auswendig gelernt.

„Wer ist – Kate?“

„Das werden Sie rausfinden, wenn wir da sind.“

Honora erkannte, daß es sinnlos wäre, mit diesen Männern zu diskutieren, die ihr ziemlich dumm vorkamen. Vielleicht würde Kate, wer immer sie auch sein mochte, intelligent genug sein, um zu begreifen, daß die Herzogin von Tynemouth nicht aus dem Haus ihres Gemahls verschwinden konnte, ohne daß man sich dort um sie sorgte.

Sie fuhren nun durch hell erleuchtete Straßen, wo sich zahlreiche Fußgänger drängten. Während sich Honora unschlüssig fragte, ob sie ein weiteres Mal an das Mitleid der beiden Männer appellieren sollte, die sie gefangenhielten, blieb die Mietkutsche stehen.

Honora schaute durch das Fenster und sah zwei Laternenpfosten vor einem großen Haus. Eine Treppe führte zu einem Eingang hinauf, über dem ebenfalls eine Lampe hing.

Die Männer stiegen aus und zogen Honora mit sich. Einer bezahlte den Kutscher, dann nahmen sie ihre Gefangene wieder in die Mitte, umklammerten ihre Arme, als hätten sie Angst, sie könnte entwischen, und führten sie die Eingangsstufen hinauf. Die Eingangstür war nur angelehnt, und die beiden stießen sie auf.

Sie betraten eine große Halle, von der mehrere Türen abgingen. Eine Treppe führte nach oben, zwei Frauen beugten sich über das Geländer. Sie waren ebenso stark geschminkt wie Molly.

„Wen bringt ihr uns denn da, Jim?“ rief die eine.

„Wir wollen Kate sprechen. Hol sie mal! Welches Zimmer ist denn leer?“

„Das da – drüben auf der linken Seite.“

Wortlos zerrten die Männer Honora, die jeden Widerstand aufgegeben hatte, zu einer Tür und schoben sie hindurch. Zu ihrer Überraschung stellte sie fest, daß sie sich in einem Schlafzimmer befand. Nie zuvor hatte sie einen solchen Raum gesehen. Die Wände waren rosa gestrichen, überall hingen Spiegel, die ihr Bild mehrmals zurückwarfen. Auf dem Bett lag eine rosa Decke aus billigem Stoff, die Vorhänge zwischen den Pfosten fielen von riesigen Satinschleifen herab.

Verwirrt sah sie sich um, während die Männer an der halboffenen Tür warteten. In der Halle erteilte eine schrille Stimme Befehle, dann kam eine Frau von etwa vierzig Jahren in das rosa Zimmer, deren Anblick Honora den Atem verschlug. Sie trug ein auffälliges Abendkleid. Falsche Diamanten schmückten das Oberteil, üppige Rüschen und Rosensträuße aus billigem Baumwollstoff bedeckten den weiten Rock. An ihrem Hals funkelte eine Kette aus falschen Diamanten, passende Ohrgehänge fielen auf die dicken Schultern. Groteske, mit Henna gefärbte Kräusellocken umgaben das runde Gesicht.

Ihre Stimme hallte von allen Wänden wider, als sie ausrief: „Wen, zum Teufel, haben wir denn da?“

„Wir haben sie in Mollys Revier gefunden, Kate. Es gab Streit, und weil sie ganz hübsch ist, dachten wir uns, wir bringen sie am besten zu dir.“

Kate musterte Honora, die verlegen den Blick senkte und unsicher zu stammeln begann: „Bitte – lassen Sie mich erklären . . .“

„Wie heißen Sie?“ fiel ihr die Frau ins Wort.

„Ich bin die Herzogin von Tynemouth.“

Kate hob eine Hand und gab Honora eine kräftige Ohrfeige. „Das ist eine Lüge! Ich will die Wahrheit wissen.“

Honora schnappte nach Luft und konnte nicht fassen, daß diese vulgäre Frau sie tatsächlich geschlagen hatte. Sie hob eine Hand, strich über ihre brennende Wange, und bei dieser Bewegung löste sich die Schließe des Capes, und es glitt von ihren Schultern.

Kate und die beiden Männer starrten auf das kostbare weiße Kleid und die Perlenkette an Honoras Hals, eines ihrer Hochzeitsgeschenke.

Ein paar Sekunden lang herrschte Schweigen. Dann befahl Kate: „Sagen Sie mir, wer Sie sind! Aber diesmal will ich die Wahrheit hören.“

„Es – stimmt, ich bin es wirklich“, erwiderte Honora, unfähig, das Zittern in ihrer Stimme zu unterdrücken. „Ich – ich habe heute morgen geheiratet.“

„Und am Abend wandern Sie die Park Lane runter? Erwarten Sie, daß ich das glaube?“

Plötzlich schrie der Mann namens Jim leise auf. „Moment mal, Kate!“ Er griff in die Innentasche seines Jacketts, zog eine Zeitung hervor und schlug sie auf, dann hielt er sie der Frau unter die Nase.

Kate warf einen Blick darauf, dann fragte sie mit scharfer Stimme: „Was sagten Sie, wer Sie sind?“

„Die – die Herzogin von Tynemouth“, stotterte Honora, voller Angst vor einer weiteren Ohrfeige.

„Und Sie haben heute morgen geheiratet?“

„Ja.“

„Wo?“ fragte Kate und studierte wieder die Zeitung.

„In Langstone Hall – in Buckinghamshire. Dort leben mein Onkel – und meine Tante.“

Kate starrte Honora durchdringend an, bevor sie wieder auf die Zeitung schaute. „Welcher Pfarrer hat Sie getraut?“

„Der Bischof – von Oxford.“

Langsam ließ Kate ihre Augen über das weiße Kleid und die Perlen wandern. „Warten Sie hier!“

Sie verließ mit den beiden Männern das Zimmer, und Honora sank auf das Bett, weil ihre Beine sie nicht mehr trugen. Nun erkannte sie, wie leichtsinnig es gewesen war, zu so später Stunde allein auszugehen. In was für eine schreckliche Situation hatte sie sich dadurch gebracht . . . Aber sie war gar nicht auf den Gedanken gekommen, daß es gefährlich sein könnte, nachts in den Hyde Park zu gehen und sich auf eine Bank zu setzen.

In Florenz hatte sie nie allein weggehen dürfen, doch da war sie ja auch noch ein Schulmädchen gewesen. Aber sie hatte sich manchmal unbemerkt aus dem Stadthaus ihres Onkels geschlichen, um im Garten inmitten des Grosvenor Square für eine Weile mit sich allein zu sein.

Wie dumm ich war, dachte sie nun und seufzte tief auf.

Würde ihr Kate erlauben, den Herzog zu verständigen und ihn zu bitten, sie hier abzuholen?

Ein paar Minuten später kehrte die grell geschminkte Frau mit den beiden Männern zurück. Voller Angst stand Honora auf.

„Wenn Sie wirklich die Herzogin von Tynemouth sind, will Ihr Mann Sie sicher wiederhaben", sagte Kate, „vor allem in der Hochzeitsnacht."

Die beiden Männer grinsten, und Honora erinnerte sich, weshalb sie aus dem Haus des Herzogs geflohen war. Das Blut stieg ihr in die Wangen.

„Also schreiben Sie ihm, er soll Sie holen", fuhr Kate fort.

„Darf ich das?" Honora schluckte krampfhaft. „Er wird bestimmt kommen. Ich weiß jetzt, wie dumm es von mir war, das Haus zu verlassen, und er wird mir wahrscheinlich Vorwürfe machen."

„Was Ihr Mann dazu sagt, geht mich nichts an. Aber er wird uns bestimmt dankbar sein, weil wir so gut auf Sie aufgepaßt haben."

Honora biß sich auf die Unterlippe. „Fordern Sie ein Lösegeld?"

Jim lachte. „Die ist schlauer, als sie aussieht – wenn sie auch keine Ahnung hatte, wovon Molly sprach."

„Halt den Mund!" zischte Kate. „Ja, Herzogin, wir lassen Sie nur laufen, wenn wir ein Lösegeld kriegen. Hoffentlich zahlt Ihr Mann, sonst müssen Sie bei uns bleiben."

Jim kicherte wieder, aber Kate ignorierte ihn.

Erst jetzt sah Honora, daß die Frau ein Tablett mit einem Blatt Papier, einem Tintenfaß und einer Feder in der Hand hielt. Kate stellte es auf einen Tisch in der Ecke, der mit einem fleckigen rosa Tuch bedeckt war. „Also – schreiben Sie an Ihren Mann. Er soll Sie möglichst schnell holen. Und teilen Sie ihm mit, wir würden dreihundert Pfund für diverse Unkosten und die Mühe verlangen, die wir mit Ihnen hatten. Sonst lassen wir Sie nicht gehen."

„Dreihundert Pfund?" rief Honora erschrocken.

„Warum nicht fünfhundert?" fragte Jim. „Immerhin ist es die Hochzeitsnacht."

„Du hast recht", meinte Kate. „Nachdem der Herzog so viele teure Rassepferde hat, kann er sich's bestimmt leisten, fünfhundert Pfund für seine Frau zu zahlen – wenn nicht sogar tausend . . ."

„Oh, bitte", flehte Honora, „fordern Sie nicht noch mehr Geld! So eine große Summe hat er wohl kaum bei sich." Unglücklich fragte sie sich, ob sie die ganze Nacht in diesem gräßlichen Zimmer verbringen mußte.

„Das klingt vernünftig", entgegnete Kate. „Also gut – fünfhundert. So viel müßte ein Gentleman im Haus haben."

Bedrückt sagte sich Honora, daß jeder weitere Versuch, das Lösegeld herunterzuhandeln, sinnlos wäre. Außerdem wollte sie keine Zeit mehr verlieren, sondern so bald wie möglich aus ihrer Gefangenschaft befreit werden. Die seltsame Atmosphäre in diesem Raum beunruhigte sie, und sie wußte nicht, was sie von Kate, den beiden Männern und den stark geschminkten Mädchen halten sollte, die immer wieder durch die halboffene Tür hereinspähten. Jedenfalls wollte Honora keine Minute länger hierbleiben als unbedingt nötig.

Die Tinte war dünn und nicht schwarz, sondern grau, die Feder kratzig. Trotzdem gelang es Honora, ein paar Zeilen zu schreiben.

„Es tut mir leid, daß ich so dumm war. Unglücklicherweise wurde ich von zwei Männern entführt und in das Haus einer gewissen Mrs. Kate gebracht. Wenn Du fünfhundert Pfund für die Mühe zahlst, die ich diesen Leuten bereitet habe, kannst Du mich abholen. Ich flehe Dich an, so schnell wie möglich hierherzukommen. In tiefstem Bedauern – Honora."

Kaum hatte sie den Brief unterzeichnet, als Kate ihr das Blatt auch schon aus der Hand riß und das Schreiben überflog. „Das müßte sogar einem steinernen Herzen Geld entlocken", meinte sie lachend, dann gab sie Honora den Papierbogen zurück. „Und jetzt die Adresse."

Ein Kuvert schien es nicht zu geben, also schrieb Honora die Adresse des Herzogs auf die Rückseite des Blattes – Tynemouth House, Park Lane.

Sie überreichte Kate den Brief, und die Frau ging mit den beiden Männern hinaus.

Plötzlich machte Kate auf dem Absatz kehrt, um das Tablett mit dem Schreibzeug zu holen, dann verließen alle drei das Zimmer. Honora vermutete, daß sie ebenfalls an den Herzog schreiben wollte, und fragte sich, was sie ihm mitteilen würde. Aber sie war zu erschöpft und verzweifelt, um darüber nachzudenken. Seufzend strich sie sich über die Stirn. Würde Ulric sehr böse auf sie sein?

Die Tür öffnete sich, und eine der Frauen schaute herein, die vorhin auf der Treppe gestanden hatten. Sie trug ein durchsichtiges Nachthemd und darüber einen schmutzigen Morgenmantel. „Sind Sie wirklich eine echte Herzogin? Trotz Ihrer Jugend? Ich habe zwar schon Herzöge gesehen, aber noch keine Herzogin."

Unwillkürlich lächelte Honora. „Ich bin erst heute morgen eine geworden."

„Also, wenn ich eine Herzogin wäre, würde ich nicht auf der Straße rumlaufen und mich mit Molly anlegen. Ein Wunder, daß sie Ihnen nicht die Augen ausgekratzt hat! Die hat ein Temperament wie eine Wildkatze."

„Ich verstehe gar nicht, warum sie so wütend auf mich war."

„Oh, das kann ich Ihnen sagen . . .", begann das Mädchen.

In diesem Augenblick gellte ein lauter Ruf durch die Eingangshalle. „Ah, Lord Roxton. Ich dachte mir, daß der heute abend kommen würde!"

Ohne ein weiteres Wort zu sagen, warf das Mädchen die Tür zu, und Honora blinzelte verwirrt.

Sie hörte Stimmengewirr, dann ging jemand an der Tür vorbei. Plötzlich fürchtete sie, Lord Roxton – wer immer das sein mochte – könnte in das rosa Zimmer kommen und sie hier sehen. Sicher würde der Herzog nicht wollen, daß seine Freunde erfuhren, wie albern sich seine Frau benommen hatte – die Herzogin von Tynemouth, die spätabends aus dem Haus gelaufen war, um Entführern in die Hände zu fallen und ihren Gatten um ein Lösegeld von fünfhundert Pfund zu erleichtern . . .

Nach einer Weile verstummten die Stimmen, es wurde wieder still.

„Wie konnte ich nur so dumm sein?" flüsterte Honora. Diese Frage stellte sie sich immer wieder, während sie wartete, bis sich die Tür öffnete. Eine halbe Ewigkeit schien zu verstreichen.

6

Nachdem Honora das Wohnzimmer verlassen hatte, goß sich der Herzog ein Glas Brandy ein. Und während er den ersten Schluck trank, begannen der Ärger und das Unbehagen, die ihn seit dem frühen Morgen erfüllten, allmählich nachzulassen. Er mußte sich eingestehen, daß das Dinner mit seiner Frau gar nicht so langweilig gewesen war, wie er befürchtet hatte. Und an ihrer Schönheit bestand kein Zweifel. Hätte er das nicht selber bemerkt, wäre es ihm spätestens beim Hochzeitsempfang aufgefallen, wo jeder wahre Lobeshymnen auf Honoras äußere Reize angestimmt hatte – bis er in seinem Zorn über diese unselige Hochzeit nahe daran gewesen war, mit den Leuten zu streiten.

Erst jetzt sagte er sich fast widerwillig, daß er sich eine so schöne, intelligente Frau wie Honora ausgesucht hätte, wäre es ihm vergönnt gewesen, aus eigenem Antrieb zu heiraten.

Aber allein schon der Gedanke an seine erzwungene Ehe weckte erneut den alten Ärger, der schon beim Erwachen in ihm hochgestiegen war. Er hatte schlecht geschlafen und war früh aufgestanden, um aus dem Fenster zu blicken, auf die Nebelschwaden zwischen den Parkbäumen zu starren und zu beobachten, wie die ersten Sonnenstrahlen die letzten Sterne auslöschten. Wie Honora verspürte er den Wunsch, im letzten Augenblick die Flucht zu ergreifen und sich vor der Hochzeit zu drücken. Doch er wußte, daß dies unmöglich war. Was immer er auch empfand – er mußte sich so verhalten, wie es seiner Position bei Hof entsprach.

Andererseits war er Manns genug, um sich selbst zu verachten, weil er seinen eigenen Wünschen zuwiderhandelte, statt auf seiner Unabhängigkeit zu bestehen. Das ist der Preis, den ich für meinen Adelstitel bezahlen muß, dachte er bitter.

Diese Bitterkeit hatte ihn auch begleitet, als er mit seinem Trauzeugen zur Kirche gefahren war. Und als er Honora den Ring an den Finger gesteckt hatte, war ihm das

Kleinod wie eine Fessel erschienen, die ihn für den Rest seines Lebens ankettete.

Nun starrte er in sein Brandy-Glas und sah erstaunt, daß er es geleert hatte, ohne es zu merken. Sollte er sich noch etwas einschenken? Nein, er hatte nie so viel getrunken, und er wollte auch jetzt nicht damit anfangen.

Als würde ihn die jahrelang geübte Selbstkontrolle ermuntern, sich so tapfer wie ein Soldat vor der entscheidenden Schlacht zu benehmen, stellte er das leere Glas ab, erhob sich, straffte die Schultern und ging zur Tür. Dies war seine Hochzeitsnacht, und was immer die Zukunft für ihn bereithielt – er wollte seine Ehe auf korrekte Weise beginnen. Seine Frau sollte keinen Grund zur Klage finden.

Er öffnete die Tür und trat in die Halle hinaus. Zu seiner Überraschung stand die Vordertür offen. Aber draußen war keine Kutsche zu sehen, nur ein Lakai hatte sich auf der Schwelle postiert und schaute über die niedere Mauer am Ende des schmalen Gartens, der das Haus vom Gehsteig der Park Lane trennte.

Der Mann rührte sich nicht, und der Herzog rief ihm zu: „Worauf warten Sie, James?“

Da zuckte der Lakai zusammen und drehte sich um. „Euer Gnaden, ich warte auf die Rückkehr Ihrer Gnaden.“

Ulric glaubte sich verhört zu haben. Der junge James war ihm stets ein wenig albern vorgekommen. „Wovon reden Sie? Meine Frau ist oben.“

James schüttelte den Kopf. „Ihre Gnaden sind vor etwa zehn Minuten weggegangen, Euer Gnaden.“

Der Herzog starrte ihn ungläubig an. „Sagten Sie . . .“ Er sprach ganz langsam und deutlich. „. . . Ihre Gnaden hätten das Haus verlassen?“

„Ja, Euer Gnaden.“

Ulric holte tief Atem. „Das kann ich mir nicht vorstellen.“ Er ging zur Tür und fragte: „Hat sie Ihnen ihre Absichten mitgeteilt?“

„Nein, Euer Gnaden.“ Als James beobachtete, wie der Herzog nachdenklich die Stirn runzelte, fügte er hinzu: „Ihre Gnaden legten das Cape an, das da drüben auf dem Stuhl lag, und baten mich, die Tür zu öffnen. Ich fragte, ob ich eine Kutsche vorfahren lassen sollte.“

„Und das lehnte sie ab?“

„Ja, Euer Gnaden.“

Der Herzog begriff das nicht. Wohin konnte Honora um diese Zeit gegangen sein? Ganz langsam – um sicherzugehen, daß der Lakai ihn nicht mißverstand – erkundigte er sich: „Wissen Sie, welche Richtung sie eingeschlagen hat?“

„Ja, Euer Gnaden.“

„Erzählen Sie mir ganz genau, was geschehen ist.“

„Ich war sehr verwundert, weil Ihre Gnaden so spätabends weggingen, und ich sah ihr nach. Sie blieb ein paar Sekunden lang auf dem Gehsteig stehen, dann überquerte sie die Straße. Ich glaube, Ihre Gnaden wollten in den Park gehen.“ Der Lakai warf einen kurzen Blick ins Gesicht des Herzogs, der ihm angespannt zuhörte, und fuhr dann fort: „Ihre Gnaden schauten zwischen die Gitterstäbe und eilte dann die Straße entlang, da hinunter.“ Er hob eine Hand, um die Richtung anzuzeigen.

„Vermutlich suchte sie einen Eingang.“

„Um diese Zeit ist der Park geschlossen“, stieß Ulric hervor.

„Ja, natürlich, Euer Gnaden. Aber Ihre Gnaden schienen das nicht zu wissen.“

Das hielt der Herzog für wahrscheinlich. Aber was, um alles in der Welt, hatte Honora nach Einbruch der Dunkelheit im Park verloren? Welche vernünftige junge Frau ging nachts allein aus? Er lief die Eingangsstufen hinab, betrat den Gehsteig und blickte nach beiden Seiten. Die Straße war verlassen, nur ein Stück weiter unten, vor dem Haus eines Freundes, stand eine Kutsche. Wenn man Honora um diese Zeit allein hier draußen entlanglaufen gesehen hatte, würde man das höchst seltsam finden. Und genauso würde man sich wundern, sollte man beobachten, wie er auf dem Gehsteig stand – in seiner Hochzeitsnacht.

Keine Menschenseele ließ sich blicken. Und obwohl er mehrere Minuten verstreichen ließ, tauchte niemand auf. Er ertrug es nicht, untätig zu bleiben, und so eilte er die Park Lane hinab, in der Hoffnung, Honora zu finden. Hatte sie ihm davonlaufen wollen und im Haus ihres Onkels am Grosvenor Square Zuflucht gesucht? Doch dann hätte sie sich in die andere Richtung gewandt – und James hatte erklärt, sie wäre hier hinabgegangen.

War sie zu irgendwelchen Freunden geflohen? Falls diese Leute nicht den Mund hielten, würde sich die Nachricht vom Verlauf der herzoglichen Hochzeitsnacht wie ein Lauffeuer verbreiten und einen Riesenskandal auslösen. Er, der begehrteste Junggeselle von Mayfair, hatte endlich geheiratet, und seine junge Frau war ihm schon am ersten Tag davongerannt . . . Er glaubte bereits das höhnische Kichern der Klatschbasen zu hören. Und die Geschichte würde noch viel pikanter klingen, wenn man hinzufügte, wie er durch die nächtlichen Straßen geirrt war auf der Suche nach seiner widerstrebenden Gattin. Er würde wie ein Narr dastehen. Wie konnte sie so was Verrücktes tun, fragte er sich wütend.

Hastig machte er kehrt und lief zum Haus zurück. James stand noch immer in der offenen Tür. Der Herzog ging an ihm vorbei und sagte: „Ich glaube, meine Frau wird bald zurückkommen. Wenn sie erscheint, geben Sie mir sofort Bescheid. Ich warte im Wohnzimmer."

„Sehr wohl, Euer Gnaden."

Ulric betrat den Raum, wo er zuvor gesessen hatte, und ging automatisch zum Getränketablett in der Ecke. Aber dann merkte er, daß er keine Lust hatte, etwas zu trinken. Er zog die Fenstervorhänge auseinander und starrte in den Garten hinter dem Haus. Mond und Sterne spendeten genügend Licht, und er konnte die hohen Bäume sehen, die zu Lebzeiten seines Großvaters gepflanzt worden waren, die Blumenbeete, die bei Tag in hellen Farben leuchteten.

Aber die Gedanken des Herzogs waren bei Honora, und er dachte besorgt daran, wie jung und unerfahren sie war. Die letzten beiden Jahre hatte sie in einem Florentiner Kloster verbracht, behütet und abgeschirmt. Wahrscheinlich wußte sie nicht, daß sich eine junge Frau abends keinesfalls allein auf die Londoner Straßen wagen durfte. Er versuchte sich zu erinnern, ob sie irgendwelche Juwelen trug. Wenn ja, erregte sie womöglich die Aufmerksamkeit von Dieben.

Der Gedanke, sie könnte überfallen werden, beunruhigte ihn so, daß er das Zimmer durchquerte und die Tür, die er hinter sich geschlossen hatte, wieder öffnete. Er wollte alles hören, was in der Halle geschah – vor allem, wenn Honora zurückkam. Ich muß ihr klarmachen, daß sie so etwas nie wieder tun darf, nahm er sich vor.

Und dann – als würde eine grausame Stimme ihm etwas zuflüstern – wurde ihm bewußt, daß auf den Londoner Straßen noch andere Gefahren lauerten, abgesehen vom Diebesgesindel. Honora war so schön – und so naiv. Wenn sie nun von einem Mann angesprochen wurde – wußte sie, wie sie sich verhalten müßte?

Diese Vorstellung erschreckte ihn, und er erwog allen

Ernstes, die Polizei zu verständigen. Doch dann wäre ein Skandal nicht mehr zu verhindern. Selbst wenn er die Polizisten aufforderte, Stillschweigen zu bewahren – er war eine zu bekannte Persönlichkeit, nicht nur als Herzog und königlicher Kammerherr, sondern auch als erfolgreicher Reiter. Niemand würde es fertigbringen, ein so dramatisches Geheimnis für sich zu behalten.

Was kann ich nur tun, fragte er sich.

Es blieb ihm nichts anderes übrig, als zu warten und zu hoffen, Honora würde bald zurückkehren – nichtahnend, welche Aufregung sie verursacht hatte.

Nervös eilte er in die Halle und ins Freie hinaus, lief ein Stück die Park Lane hinab. Doch außer einer Prostituierten an einer Straßenecke war niemand zu sehen. Sie kam auf ihn zu, und da er keine Lust hatte, von ihr belästigt zu werden, ging er rasch ins Haus zurück. Wortlos eilte er an James vorbei und trat wieder ins Wohnzimmer, wo er sich verzweifelt sagte, daß es bald keinen Sinn mehr haben würde, noch länger auf Honora zu warten. Dann blieb ihm nur noch die Hoffnung, sie würde morgen früh wohlbehalten heimkommen – wo immer sie auch gewesen war.

Er versuchte sich einzureden, sie wäre bei jemandem, den sie kannte. Zum zweitenmal überdachte er die Möglichkeit, zum Grosvenor Square zu gehen. Vielleicht hatte sie das Haus ihres Onkels erreicht. Doch es wäre zu demütigend, die Langstones zu wecken, die um diese Zeit sicher längst schliefen, und sich zu erkundigen, ob sie wüßten, wo seine Frau steckte.

Was kann ich bloß tun, fragte er sich, ohne eine Antwort zu finden.

Schließlich kam er zu dem Schluß, daß es vielleicht am vernünftigsten wäre, den Dienstboten vorzugaukeln, er würde ins Bett gehen. Im selben Augenblick hörte er James' Stimme. Er lief in die Halle und sah einen Mann, der James zwei Briefe reichte.

Ulric ging auf die beiden zu. „Was ist los? Was wollen Sie?"

Die scharfe, befehlsgewohnte Stimme veranlaßte den Mann, nervös aufzublicken. Doch dann grinste er unverschämt. „Falls Sie der Herzog von Tynemouth sind – ich habe Ihnen zwei Briefe gebracht."

Sein höhnischer Unterton verriet dem Herzog, daß es sich nur um Honora handeln konnte. Schweigend nahm er James die Briefe aus der Hand und trat unter die großen Lüster, um sie zu lesen. Sobald er Honoras Unterschrift erkannte, rief er dem Lakaien zu, noch bevor er die wenigen Zeilen überflog: „Sagen Sie dem Mann, er soll warten!"

„Kommen Sie herein!" forderte James den Unbekannten auf.

Der Mann trat einen Schritt zurück. „Ich bleibe lieber draußen, wenn's dem Herrn recht ist!"

Ulric ignorierte ihn. Aufmerksam studierte er Honoras Schreiben und preßte die Lippen zusammen. Das zweite Blatt war mit einer anderen, ungelenken Handschrift und mehreren Tintenklecksen bedeckt. „Kommen Sie allein mit dem Überbringer dieser Nachrichten. Wenn Sie mit der Polizei reden, sehen Sie Ihre Frau nie wieder."

Der Herzog wandte sich zu James. „Lassen Sie meinen Wagen vorfahren – schnell! Und sagen Sie dem Mann, der die Briefe gebracht hat, wir würden in wenigen Minuten aufbrechen."

James blinzelte verwirrt, dann eilte er davon, um den Auftrag auszuführen. Ulric wartete nicht ab, ob und wie seine Wünsche verwirklicht wurden. Er lief ins Zimmer seines Sekretärs, wo stets eine größere Geldsumme für Notfälle aufbewahrt wurde. Doch er bezweifelte, ob er fünfhundert Pfund vorfinden würde. Nachdem er die Kerze auf dem Schreibtisch angezündet hatte, fiel ihm ein, daß morgen Freitag war. Also würde der Sekretär bereits die Lohngelder von der Bank abgehoben haben. Die Hausangestellten wurden monatlich bezahlt, aber die Kutscher und Reitknechte erhielten Wochenlöhne. Er fand den Schlüssel zum Safe und öffnete ihn. Wie erwartet, lagen mehrere Banknotenbündel darin. Hastig zählte er das Geld. Zusammen mit den Scheinen, die ihm sein Kammerdiener täglich in die Tasche steckte, hatte er etwas mehr als fünfhundert Pfund zur Verfügung.

Er schloß den Safe, blies die Kerze aus und kehrte in die Halle zurück. Inzwischen war es James gelungen, den Boten doch noch ins Haus zu locken. Der Mann stand neben der Tür, und Ulric überlegte, ob der Kerl die Gelegenheit genutzt hatte, um etwas zu stehlen. Doch war das unwahrscheinlich, da man ihm oder seinen Komplicen bald fünfhundert Pfund aushändigen würde.

„Wer sind Sie?“ fragte der Herzog.

„Ich sage nichts“, erwiderte der Mann mürrisch.

„Wie Sie sicher wissen, ist Ihre Handlungsweise strafbar.“

Der Mann gab keine Antwort. Der Herzog vermutete, daß er nur Handlanger jener Leute war, die sich in einer ausreichend starken Position glaubten, um fünfhundert Pfund fordern zu können. Also schwieg er und wartete, während sein Zorn auf diese schamlosen Erpresser wuchs.

Fünf Minuten später hörte er die Kutschenräder auf die Straße rollen. James lief vom Hinterausgang in die Halle zurück, um die Vordertür zu öffnen.

Dem Herzog waren diese wenigen Minuten wie Stunden erschienen. Als er in den Wagen stieg, konnte er seine Wut über die Notwendigkeit, den Abgesandten der Schurken neben sich dulden zu müssen, nur mühsam bezähmen. Der Mann erklärte dem Kutscher flüsternd, wohin er fahren sollte, was Ulric leider nicht verstehen konnte.

Der Kerl kletterte ebenfalls in den Wagen, und der Kutscher setzte das Gespann in Bewegung.

„Wollen Sie mir nicht sagen, wohin Sie mich bringen?" fragte der Herzog.

„Das werden Sie merken, wenn wir da sind", erwiderte der Mann, und Ulric hörte einen triumphierenden Unterton aus der heiseren Stimme heraus. Am liebsten hätte er ihm ins Gesicht geschlagen oder ihn so lange geschüttelt, bis er die gewünschte Antwort erhalten würde. Doch dann zog er es vor, sich möglichst würdevoll in sein Schicksal zu fügen. Hoffentlich würde er nicht in eine Falle tappen und am Ziel der Fahrt ebenso in Gefangenschaft geraten wie Honora. Andererseits konnte diese Aktion nicht von langer Hand geplant sein, denn sie war das Ergebnis von Honoras unbedachtem Entschluß, allein das Haus zu verlassen. Sobald die Verbrecher das Geld bekommen hatten, würde es wohl keine Schwierigkeiten mehr geben.

Aber sein Optimismus hielt sich in Grenzen. Und als die Kutsche hielt und der Herzog aus dem Fenster sah, wußte er sofort, wo er war. Sein Zorn steigerte sich noch, und es fiel ihm schwer, Ruhe zu bewahren.

Der Anblick Kates war ihm unerträglich, aber er beherrschte sich. Erst nachdem sie das Geld gezählt hatte, fuhr er sie an: „Bringen Sie mich jetzt endlich zu meiner Frau! Und hüten Sie sich, auch nur ein Wort von dieser Sache verlauten zu lassen, sonst sorge ich dafür, daß Ihr Haus geschlossen wird!"

„Ich schweige wie ein Grab", versicherte sie lächelnd.

„Und wie Sie vermutlich wissen, wäre es das beste für beide Teile, im guten auseinanderzugehen.“

Dem konnte er nicht widersprechen, und so preßte er die Lippen zusammen und folgte ihr. Mit schwingenden Hüften durchquerte sie die Halle und öffnete eine Tür. „Da ist sie – gesund und munter!“

Honora stand zitternd vom Bett auf. „Du – bist gekommen . . .“ Sie wußte nicht, ob sie laut gesprochen oder diese beglückenden Worte nur gedacht hatte.

Er sagte nichts, bot ihr nur seinen Arm. Weil sie am ganzen Körper bebte, legte er beruhigend seine Finger auf ihre Hand, als wollte er ihr zu verstehen geben, daß sie in seiner Nähe nichts mehr zu befürchten brauchte. Er führte sie an Kate vorbei und durch die Halle, dann über die Eingangsstufen zu der wartenden Kutsche.

Während er Honora in den Wagen half und selbst einstieg, trat Kate in die offene Tür und rief ihm nach: „Hoffentlich beehren Sie uns einmal, wenn Sie nichts Besseres zu tun haben, Herzog!“ Sie lachte laut auf, und der Klang der Stimme durchdrang das Dunkel der Nacht ebenso grell wie die Lampe über der Tür.

Honora spürte Ulrics Wut, als er sich neben sie setzte, und wußte, daß sie nichts Besseres verdient hatte. „Es – es tut mir leid“, stammelte sie.

„Wie konntest du so unvernünftig sein? Allein auszugehen – so spät am Abend!“

Nach dem langen, qualvollen Warten war sie am Ende ihrer Kraft. Nun trieben ihr die bitteren Vorwürfe des Herzogs Tränen in die Augen, erstickten ihre Stimme, und sie konnte nicht antworten. Sie wagte es auch gar nicht, denn hätte sie es versucht, wäre sie in herzzerreißendes Schluchzen ausgebrochen. So saß sie nur da und ballte die Hände, krampfhaft bemüht, nicht zu weinen.

Als würde er zum erstenmal an sie und nicht mehr an sich selbst und seine eigenen Gefühle denken, fragte er in verändertem Ton: „Haben sie dir weh getan?" Er erinnerte sich, daß sie leichenblaß gewesen war, als er das rosa Zimmer betreten hatte. Und er glaubte ein rotes Mal auf ihrer Wange gesehen zu haben. Bevor sie etwas erwidern konnte, erkundigte er sich: „Was ist mit deinem Gesicht geschehen?"

„Diese – Frau hat mich geschlagen", würgte sie hervor. „Sie wollte meinen Namen wissen, und als ich sagte, ich wäre die Herzogin von Tynemouth, ohrfeigte sie mich, weil sie mir nicht glaubte."

Der Herzog runzelte die Stirn. Welch eine Demütigung – seine Gemahlin von einer Frau wie Kate ins Gesicht geschlagen . . . „Aber du konntest sie überzeugen", bemerkte er trocken.

„Einer der Männer hatte eine Zeitung, in der ein Bericht über unsere Hochzeit stand."

„Was für ein glücklicher Zufall . . ." Plötzlich wurde ihm bewußt, was ihr hätte zustoßen können, wäre es ihr nicht gelungen, ihre Identität zu beweisen. Er hatte von vielen hübschen Landmädchen gehört, die bei ihrer Ankunft in London, wo sie sich als Hausangestellte verdingen wollten, spurlos verschwunden waren. Unter Vorspiegelung falscher Tatsachen wurden sie in Bordelle gelockt oder entführt, und danach gab es kein Entrinnen mehr.

„Weißt du, was das für ein Haus ist, in das man dich gebracht hat?" fragte er.

Honora zögerte, dann entgegnete sie: „Es muß ein Theater gewesen sein."

„Wieso glaubst du das?" rief der Herzog erstaunt.

„Da waren zwei Frauen, und die hatten sich so stark geschminkt, als würden sie auf einer Bühne auftreten."

„Und?“

„Während die eine mit mir sprach, traf ein Gentleman ein, der Lord Roxton genannt wurde.“

„Roxton?“ wiederholte Ulric mit scharfer Stimme. „Hat er dich gesehen?“

„Nein.“

Erleichtert seufzte er auf. „Und du dachtest, er wäre gekommen, um eine Theateraufführung zu sehen?“

„Ich hörte ihn schreien: ‚Ich will Elsie, die zieht eine bessere Schau ab als alle anderen!‘“

Der Herzog schwieg. Es erschien ihm unglaublich, daß irgend jemand in diesem Bordell gewesen sein konnte, ohne zu ahnen, was für ein Haus das war – oder warum sich Kate und die Mädchen so grell geschminkt hatten. Dann weckte das Wissen, daß sich seine Frau in der Gewalt dieser Leute befunden hatte, seinen Zorn von neuem, und er stieß hervor: „Wie unglaublich dumm du bist!“

In diesem Augenblick blieben die Pferde vor Tynemouth House stehen. Der Lakai sprang vom Trittbrett und öffnete die Wagentür. James wartete immer noch im Hauseingang. Der Herzog stieg aus, und als Honora ihm folgen wollte, erinnerte er sich gerade noch rechtzeitig daran, ihr die Hand zu reichen. Aber sobald sie die Treppe erreichten, ließ er sie los und eilte in die Halle, ohne sich nach seiner Frau umzusehen.

Bei seiner letzten Bemerkung hatten sich ihre Augen erneut mit Tränen gefüllt, und sie konnte die Stufen kaum sehen, während sie hinaufging. Sie betrat die Halle, und da schien der große Lüster über ihr plötzlich zu wanken. Blindlings tastete sie nach einem Halt und hörte James rufen: „Euer Gnaden! Fühlen Sie sich nicht wohl?“

Der Boden kam ihr entgegen, aber irgend jemand hielt sie fest. Dann wurde alles dunkel . . .

Der Herzog trug Honora die Treppe hinauf. Wie federleicht sie war . . . Als er auf ihr Gesicht mit den geschlossenen Augen hinabblickte, sah er deutlich den roten Abdruck von Kates Hand. Das Cape war ihr in der Halle von den Schultern geglitten, und nun erschien sie ihm in ihrem weißen Kleid wie eine Blume, deren Blütenblätter ein wilder Sturm zerzaust hatte.

Solche poetischen Gedanken paßten gar nicht zu ihm . . . Während er sie zu ihrem Schlafzimmer brachte, schämte er sich plötzlich, weil er seine Wut an einem so zarten, so zerbrechlichen und – wie er nun wußte – völlig unerfahrenen und unschuldigen Geschöpf ausgelassen hatte.

Das hätte nicht passieren dürfen, warf er sich vor. Ich hätte es verhindern müssen.

Honoras Tür war nur angelehnt. Er stieß sie mit dem Fuß auf und trug seine Frau über die Schwelle. Emily, die auf einem Stuhl neben dem Bett gewartet hatte, sprang auf. „Oh, was ist mit Ihrer Gnaden geschehen?“

„Ihre Herrin ist in Ohnmacht gefallen.“ Behutsam legte er Honora auf das Bett. „Kleiden Sie meine Frau aus, ich bringe ihr inzwischen etwas zu trinken.“

„Oh, meine arme Lady! Warum ist sie denn ohnmächtig geworden?“

Ulric gab keine Antwort. Wie er bei seiner Heimkehr erleichtert festgestellt hatte, hatte James offenbar nicht die anderen Dienstboten geweckt, um ihnen die Neuigkeit mitzuteilen, sondern war auf seinem Posten an der Haustür geblieben. Der Herzog eilte nach unten und wandte sich an den Lakaien. „Ich nehme an, Sie haben mit niemandem über die Ereignisse dieses Abends gesprochen, James.“

„Mit niemandem, Euer Gnaden.“

„Dann muß ich Sie beglückwünschen, denn Sie haben sich sehr vernünftig benommen. Ich rechne auch weiterhin mit Ihrer Verschwiegenheit."

James errötete vor Freude über dieses Lob. „Ich werde nichts sagen, wenn Euer Gnaden das wünschen."

„Ja, das wünsche ich", bestätigte Ulric. „Ich vertraue Ihnen."

„Danke, Euer Gnaden."

Der Herzog verließ den Lakaien und ging ins Wohnzimmer. Er zögerte kurz. Sollte er Honora Champagner oder Brandy bringen? Schließlich entschied er, daß ihr ein Glas Brandy am ehesten helfen würde.

Er goß etwas Wasser hinzu, dann trug er das Glas langsam die Treppe hinauf. Er wollte Emily genügend Zeit lassen, Honora auszuziehen und ins Bett zu bringen.

Als er das Zimmer betrat, sah er das weiße Kleid über einem Stuhl hängen. Honora lag im Bett, den Kopf von einem Kissen gestützt, die Augen immer noch geschlossen.

„Ihre Gnaden haben mit mir gesprochen", berichtete Emily. „Aber sie scheint sich immer noch unwohl zu fühlen."

„Das kann ich mir vorstellen." Ulric schob seinen Arm unter Honoras Kopf. „Trink das, dann wird es dir bessergehen."

Sie hob die bebenden Lider und nahm gehorsam einen Schluck aus dem Glas, das er an ihre Lippen hielt. Als ihr die scharfe Flüssigkeit in der Kehle brannte, hustete sie und versuchte das Glas wegzuschieben.

„Du mußt noch etwas trinken", erklärte der Herzog in energischem Ton und wußte, daß sie viel zu schwach war, um sich zu widersetzen.

Er zwang sie, einen weiteren Schluck zu nehmen, dann noch einen, und als die Farbe in ihre Wangen zurückkehrte, stellte er das Glas auf den Nachttisch und ließ ihren Kopf ins Kissen zurückgleiten.

Unglücklich sah sie zu ihm auf. „Es tut mir so leid . . .“

„Schon gut. Ich mache jetzt meine Abendtoilette, und dann komme ich wieder zu dir. Wir müssen miteinander reden, bevor du einschläfst.“ Er wartete Honoras Antwort nicht ab, sondern sagte zu Emily: „Lassen Sie das Licht brennen, wenn Sie gehen. Ich werde es später löschen.“

Das Mädchen knickste, und der Herzog verschwand durch die Verbindungstür im Nebenraum, seinem Schlafzimmer.

Der Brandy hatte Honoras Lebensgeister wieder geweckt. „Was – ist passiert, Emily? Wie bin ich hierhergekommen?“

„Sie sind in Ohnmacht gefallen, Euer Gnaden, und Seine Gnaden haben Sie die Treppe heraufgetragen.“

„Das war ihm sicher furchtbar lästig . . .“

„Bestimmt nicht, Euer Gnaden. Er war sehr besorgt um Sie und sagte, ich sollte Sie auskleiden. Dann holte er ein Glas Brandy.“

Honora seufzte leise. Wie wütend mußte er gewesen sein, nachdem sie sich nicht nur unmöglich benommen, sondern auch noch bei der Rückkehr die Besinnung verloren hatte . . . Ich muß ihm sagen, wie tief ich das alles bereue, nahm sie sich vor und fühlte, daß sie schon am ersten Tag in ihrer Position als Herzogin schmählich versagt hatte. „Ich hätte ihn niemals heiraten dürfen“, flüsterte sie.

Emily zog ihr die Nadeln aus dem Haar, und die blonden Locken fielen auf Honoras Schultern. Sie trug eines der schönen Nachthemden aus Leinen und Spitze, die ihr Tante Aline gekauft hatte und bei deren Anblick ihr damals das Blut in die Wagen gestiegen war, wegen des dünnen, durchsichtigen Stoffs. Doch dann hatte sie sich irrigerweise mit dem Gedanken getröstet, daß niemand sie in diesen Hemden sehen würde.

Unbehaglich zog sie sich die spitzenbedeckte Decke bis ans Kinn. Emily machte noch ein wenig Ordnung im Zimmer, dann ging sie zur Tür, das weiße Abendkleid ihrer Herrin über dem Arm. „Gute Nacht, Euer Gnaden. Hoffentlich können Sie schlafen. Ich werde Sie erst wecken, wenn ich weiß, um welche Zeit Seine Lordschaft zu gehen wünscht."

„Danke, Emily", würgte Honora mühsam hervor. Wenn sie doch das Licht löschen und allein im Dunkeln bleiben könnte . . .

Noch ehe sie diesen Gedanken zu Ende gedacht hatte, öffnete sich die Verbindungstür zum Nebenraum, und der Herzog trat ein. Hastig verließ die Zofe das Zimmer.

Ulric trug einen langen schwarzen Morgenmantel und sah imposanter aus denn je. Instinktiv drückte sich Honora ins Kissen, als wollte sie vor ihrem Mann zurückweichen. Er musterte sie prüfend, dann setzte er sich auf die Bettkante. „Ich will nicht lange mit dir reden. Du bist sicher sehr müde – nach allem, was du heute durchgemacht hast."

„Es tut mir leid, daß ich dir so zur Last gefallen bin."

„Wahrscheinlich hat dich niemand vor den Gefahren gewarnt, die jungen Frauen drohen, wenn sie nachts allein durch die Londoner Straßen laufen."

„Jetzt weiß ich, wie dumm ich war, aber – ich wollte ungestört nachdenken."

„Worüber?" Er sah, daß sie rot wurde, und fügte hinzu: „Vermutlich über mich."

Honora nickte.

„Vielleicht wäre es klüger gewesen, du hättest mir erzählt, was dich beschäftigt hat – statt dich allein damit herumzuplagen, noch dazu da draußen im Dunkeln."

Sie wich seinem Blick aus. „Das – würde ich nicht fertigbringen."

„Immerhin sind wir verheiratet, Honora. Wir sollten keine Geheimnisse voreinander haben." Während er sprach, erkannte er, was für ein Heuchler er war, denn er hatte viele Geheimnisse, von denen seine Frau hoffentlich nie erfahren würde. Dann verdrängte er diese Gedanken. „Vertraue mir. Ich will versuchen, dich zu verstehen, das verspreche ich dir."

Weil seine Stimme so freundlich klang wie nie zuvor, antwortete Honora: „Es – es ging um etwas, das Tante Aline sagte – und von dem ich glaubte, es – es würde nicht geschehen . . ."

„Was meinst du?"

„Tante Aline erklärte, je früher ich ein Baby bekäme, desto besser wäre es . . . Und als ich heute abend das Wohnzimmer verließ, sagtest du, daß du auch bald nach oben gehen würdest . . ."

Trotz dieser unzusammenhängenden Worte verstand der Herzog, worum es ging. „Und das hat dir angst gemacht?"

„Ich dachte – weil wir doch nur notgedrungen geheiratet haben – würdest du – würden wir kein Baby in Erwägung ziehen, bevor wir miteinander gesprochen haben."

Der Herzog schwieg eine Weile, dann sagte er leise: „Ich muß mich bei dir entschuldigen, Honora. Nun sehe ich ein, daß ich eine ganze Menge versäumt habe, und ich begreife deine Gefühle."

Er sah ihre Augen aufleuchten, und sie flüsterte atemlos: „Verstehst du mich wirklich? Und – du bist mir deshalb nicht böse?" Bevor er antworten konnte, fuhr sie fort: „Ich weiß, wie sehr du mich gehaßt hast, das spürte ich auch während der Hochzeit. Und weil du mich haßt – will ich kein Baby von dir . . .“

Bestürzt suchte der Herzog nach Worten. „Du mußt mir glauben, Honora, wenn ich dir jetzt versichere, daß ich nicht dich gehaßt habe, sondern die Tatsache, daß ich heiraten mußte, um mich vor Prinzessin Sophie zu retten.“

„Ich weiß – du warst deshalb sehr wütend. Aber als ich mich weigern wollte, deine Frau zu werden, zwang mich Tante Aline, ja zu sagen.“

Er runzelte die Stirn. „Wie hat sie dich dazu gezwungen?“

„Sie drohte, sie würde mich in ein Kloster schicken, wenn ich dich nicht heirate.“

„Im Ernst?“

Honora nickte. „Ich wäre schon am nächsten Tag zu den ‚Kleinen Schwestern der Armen‘ gebracht worden. Aber ich fühlte mich nicht berufen, den Schleier zu nehmen.“

„Eine teuflische Idee . . . Es war ganz richtig, daß du dich gegen das Kloster entschieden hast.“

„Deshalb gab es keinen Ausweg für mich – obwohl ich dich gar nicht heiraten wollte.“ Sie seufzte tief auf wie ein verirrtes Kind. „Und weil diese Heirat weder dein noch mein Wunsch war, wäre es falsch, wenn wir ein Baby bekämen – es wäre kein Kind der Liebe.“

Weil der Herzog nicht wußte, was er darauf antworten sollte, fügte sie hinzu: „Als ich klein war, sagte einmal eine Freundin zu meiner Mutter: ‚Wie hübsch deine Tochter ist!‘ Mama lächelte und erwiderte: ‚Honora bedeutet Schönheit. Mein Mann und ich wußten, daß sie schön sein würde, denn sie wurde in Liebe empfangen und geboren.‘ Da lachte die Freundin und meinte: ‚Das stimmt. Ich kenne kein Ehepaar, das so tief in Liebe verbunden ist wie ihr beide. Das macht uns alle neidisch.'" Nach einer kleinen Pause meinte Honora leise: „Vielleicht würden wir ein häßliches oder mißgestaltetes Baby kriegen – weil es aus Haß entstünde."

Ulric holte tief Atem. „Bestimmt nicht. Aber wir sollten noch einmal ganz von vorn anfangen und uns erst einmal kennenlernen, bevor wir daran denken, eine Familie zu gründen." Er griff nach ihren bebenden Fingern.

„Und – wenn wir uns nie lieben? Wenn du mich weiterhin haßt?"

„Ich habe dir bereits gesagt, daß ich nicht dich persönlich gehaßt habe. Versuchen wir doch zu vergessen, was zu unserer Heirat geführt hat. Tun wir so, als würden wir uns zum erstenmal begegnen. Ich glaube, es wäre für uns beide interessant, einander zu erforschen."

Sie lachte unsicher. „Das könnte sehr aufregend werden."

„Gut, dann wollen wir's probieren. Aber du mußt mir drei Dinge versprechen."

„Was denn?"

„Daß du mir nie wieder davonlaufen wirst, daß du dich nie mehr in Gefahr bringst so wie heute abend und daß du mir stets vertrauen und mir alles sagen wirst, was du denkst und fühlst."

„Und wenn dich meine Gedanken wütend machen?"

„Warum sollten sie? Auch ich will stets ehrlich zu dir sein."

Sie lächelte. „Es wäre wunderbar, wenn ich mit dir reden dürfte so wie damals mit Papa. Seit seinem Tod hatte ich keinen richtigen Gesprächspartner mehr und fühlte mich oft sehr einsam."

Ihre wehmütige Stimme schnitt ihm ins Herz, und er umschloß ihre Hand noch fester. „Ich freue mich schon sehr auf unsere Unterhaltungen. Aber jetzt mußt du erst einmal schlafen, ohne Angst und ohne Alpträume."

„Ich fürchte mich nicht mehr vor dir."

„Bist du sicher?"

„Ganz sicher. Ich spüre, daß du jetzt etwas anderes für mich empfindest als früher."

„Und ich ahne, was in dir vorgeht. Und genauso, wie du wußtest, daß ich heute abend in dieses Haus kommen und dich retten würde, solltest du dich stets auf meine Hilfsbereitschaft verlassen – mag dir ein Problem auch noch so schwierig erscheinen. Ich werde dir immer beistehen."

„Wirklich – obwohl ich so eine Nervenbelastung bin und dich so viel Geld koste?"

„Schau mich an, Honora!"

Sie gehorchte, und er sagte sich, daß er nie zuvor in so klare, unschuldige Augen geblickt hatte. „Geld spielt in unserer Beziehung keine Rolle. Nur eins ist wichtig – wir müssen uns bemühen, einander zu verstehen und eine gute Ehe zu führen." Seine Stimme nahm einen sehr sanften Klang an. „Es wird nicht einfach sein, aber wenn wir beide unser Bestes tun und einander vertrauen, werden wir alle Schwierigkeiten meistern."

Sie sah ihn immer noch an, und er konnte seinen Blick nicht von ihr losreißen. Sollte er sie küssen – so, wie er es unter diesen Umständen bei jeder anderen Frau getan hätte? Nein, es wäre zu früh. Damit würde er die zarten Gefühle zerstören, die gerade erst zwischen ihnen aufkeimten, und ihr wieder Angst einjagen. Und so schenkte er ihr jenes Lächeln, das so viele Frauen unwiderstehlich fanden, und stand auf. „Schlaf jetzt. Wir werden morgen erst am späten Vormittag abreisen. Und wenn du zu müde bist, warten wir noch einen Tag. Aber ich freue mich schon so darauf, dir meine Pferde zu zeigen."

„Ich freue mich genauso."

Der Herzog öffnete die Verbindungstür, dann blies er die Kerzen in Honoras Zimmer aus. „Gute Nacht. Versuch so schnell wie möglich einzuschlafen."

„Ich werde mich bemühen." Unsicher fügte sie hinzu: „Ich danke dir – weil du so freundlich warst – und so verständnisvoll."

Er lächelte ihr noch einmal zu, dann schloß er die Tür hinter sich.

7

Hufschlag donnerte, Kopf an Kopf rasten die Pferde zum Ende des Parcours', bevor sie von den Reitern gezügelt wurden.

„Ich glaube, du hast um eine winzige Nasenlänge gewonnen!" rief Honora.

Der Herzog lachte. „Beleidigst du mich oder meinen Hengst?"

„Es würde mir niemals einfallen, Warrior zu beleidigen. Er hat eine so weiche, liebenswerte Nase – während die Nase eines Herzogs meistens angewidert und herablassend gerümpft wird."

„Wie kannst du so etwas behaupten!" erwiderte er aggressiv. „Natürlich kann sie auch arrogant, zynisch oder gelangweilt aussehen."

Ulric brach wieder in Gelächter aus. „Gibt es eigentlich irgendeinen Anlaß, der einen Herzog berechtigen würde, seine Herzogin übers Knie zu legen?"

„Dazu müßtest du sie erst fangen", erwiderte sie lachend, berührte die Flanken ihres Pferdes leicht mit den

Sporen und galoppierte im nächsten Augenblick durch den weitläufigen Park auf das Haus zu.

Der Herzog brauchte zwei oder drei Sekunden, um seinen Hengst zu wenden und ihr zu folgen. Doch da hatte Honora bereits das Gatter zum Vorgarten erreicht. Als er sie einholte, rief sie: „Ich kapituliere und bin bereit, zuzugeben, daß es Warrior war, der seine Nase vornhatte!"

„Diesmal will ich Gnade vor Recht ergehen lassen", entgegnete Ulric mit gespielter Strenge. „Aber eines solltest du bedenken – du hast vorhin bei der Aufzählung der herzoglichen Attribute ein wesentliches ausgelassen – nämlich, daß Herzöge sehr rachsüchtig sein können."

„Das bist du sicher nicht", widersprach sie lachend.

„Warum nicht?" fragte er neugierig.

„Du bist nicht der rachsüchtige Typ. Wenn du auch furchtbar wütend werden kannst – es würde dir niemals einfallen, dich hinzusetzen und nachzugrübeln und finstere Rachepläne zu schmieden."

„Sagt dir das dein Instinkt?" fragte er lächelnd.

„Natürlich – was denn sonst?" Ihre Augen strahlten, und er dachte, daß er nie zuvor einen Menschen gekannt hatte, der so unbefangen gewesen wäre und jede Sekunde seines Lebens so intensiv genossen hätte wie seine Frau.

Als sie in Leicestershire angekommen waren, hatte der Herzog bald erkannt, wie wenig Honora dem Bild entsprach, das er sich von ihr gemacht hatte. Nie hätte er geglaubt, daß eine Frau so übermütig lachen und so viele Dinge amüsant finden konnte.

Sie lachte nicht so gekünstelt wie die vielen Schönheiten der Londoner Gesellschaft, mit denen er sich vergnügt hatte und die sich stets um ein glockenhelles, perlendes Gekicher bemühten. Nein, Honora lachte ganz spontan, mit den Augen ebenso wie mit den Lippen.

Die vier Tage, die sie nun in der Jagdhütte verbracht hatten, waren so anders als alles, was ihm bisher Freude bereitet hatte, daß er kaum fassen konnte, wie gut ihm seine Flitterwochen gefielen. Nie zuvor hatte er über so viele Dinge gelacht – Dinge, die ihm früher zu simpel und zu trivial erschienen waren, um auch nur einen Gedanken daran zu verschwenden. Alles, was Honora sagte, gewann eine neue Bedeutung – und einen komischen Aspekt, der ihm vorher in diesen Zusammenhängen nie aufgefallen war.

Wenn er morgens aufstand, freute er sich darauf, Honora andere Teile seiner Ländereien zu zeigen, mit ihr zu entscheiden, welche Pferde sie reiten würden, ihre unzähligen Fragen über Themen zu beantworten, die er nie zuvor mit irgend jemandem besprochen hatte. Und was ihm besonders wichtig vorkam – mit ihren Augen sah er die Landschaft ringsum in einem ganz neuen Licht.

Nachdem sie zwei Jahre in Florenz verbracht hatte, betrachtete sie die ländliche Umgebung als vertraute Heimat, in die sie zurückgekehrt war. „Sieh doch, wie herrlich grün dieses Feld ist!“ rief sie zum Beispiel. „Kann es etwas Schöneres geben? Wenn ich doch eine Malerin wäre!“

„Versuch es mit Musik auszudrücken“, schlug er vor.

„Ich weiß nicht recht, ob das Hören genauso wunderbar ist wie das Sehen“, meinte sie nachdenklich. „Wenn du wählen müßtest – was wärst du lieber, blind oder taub?“

Diese Art von Fragen hatte der Herzog nie zuvor beantwortet. Weil er versuchte, sich an das Abkommen mit seiner Frau zu halten und stets ehrlich zu sein, mußte er oft nachdenken, bevor er etwas sagte.

Während sie jetzt durch den Garten zum Haus ritten, bemerkte sie: „Ich glaube, das ist der glücklichste Tag meines Lebens.“

Der gefühlvolle Klang ihrer Stimme entging ihm nicht. „Auch ich habe diesen Tag sehr genossen."

Sie waren schon nach dem Frühstück aufgebrochen, um einen entlegenen Teil der herzoglichen Ländereien zu besuchen, eine Farm, die er inspizieren wollte. Sie waren einen Bach entlanggeritten, über Wiesen voller gelber Dotterblumen, dann hatten sie in einem Landgasthof zu Mittag gegessen, Brot und Käse.

Sie hatten im Gastgarten gesessen und zu der einfachen Mahlzeit hausgemachten Apfelwein getrunken. „Paß auf, davon bekommt man leicht einen Schwips", warnte Ulric. „Wenn du von deinem Pferd fällst, muß ich dich auf meinem nach Hause befördern."

„Das wäre äußerst peinlich. Ich glaube, anständige Herzoginnen betrinken sich nicht."

„Gewiß nicht", bestätigte er so ernsthaft, daß sie lachen mußte.

Sie betrachtete ihn durch den dichten Schleier ihrer Wimpern. „Hast du Angst, ich könnte dir Schande machen?" fragte sie gedankenlos, dann erinnerte sie sich an ihre unselige Entführung in jenes seltsame Haus – und an Ulrics Befürchtung, Lord Roxton könnte sie gesehen haben.

Weil er wußte, was sie dachte, sagte er rasch: „Das ist alles vergessen. Und die Antwort auf deine Frage lautet: Jetzt, wo ich dich kenne, bezweifle ich nicht, daß du stets eine vorbildliche Herzogin sein wirst."

Honora seufzte leise. „Wenn Mama noch lebte, wäre es nicht so schwierig. Und Papa könnte mich davon abhalten, irgendeinen *faux pas* zu begehen."

„Das ist nun meine Aufgabe."

„Wenn wir wieder in London sind, wird es dich vielleicht langweilen, mit einer Frau verheiratet zu sein, die dich ständig mit Fragen bestürmt."

Er ahnte, daß sie sich darüber schon seit einiger Zeit den Kopf zerbrach, und erwiderte: „Ich beantworte deine Fragen sehr gern, wirklich. Aber ich beginne zu befürchten, daß ich nicht alle Antworten weiß."

„Oh, doch, ganz sicher. Übrigens finde ich es sehr aufregend, ein wandelndes Privatlexikon zu haben, ganz für mich allein."

Er lachte. „Das ist das schmeichelhafteste Kompliment, das mir je gemacht wurde."

„Nachdem du ständig mit Komplimenten überhäuft wirst, müßtest du in dieser Hinsicht eigentlich blasierter sein."

„Manchmal weiß ich nicht, ob du mich necken oder mit scharfen Geschützen auf mich feuern willst, Honora."

Sie entgegnete mit einem Kichern, das er reizend fand: „Du bist viel zu großartig, als daß ich dich necken könnte, und ich würde niemals wagen, auf dich zu schießen."

Plötzlich sagte er ganz unvermutet: „Wenn du lächelst, siehst du wie ein kleiner Engel aus. Aber wenn du mit mir redest, erscheint ein Grübchen in deiner Wange, das ziemlich boshaft wirkt – und ein Funkeln in deinen Augen, das nichts mit dem Himmel zu tun hat."

„Falls du damit andeuten willst, ich wäre ein kleiner Teufel, würde ich mich sehr gekränkt fühlen. Aber wenn ich's mir recht überlege, bin ich lieber ein Teufelchen als einer von diesen hochnäsigen Engeln, die unentwegt auf Wolken sitzen und an ihren Harfen herumzupfen."

„Ich dachte, du wärst musikalisch."

„Du weißt auf alles eine Antwort", erwiderte sie lachend. „Deshalb macht es so viel Spaß, mit dir zu reden. Aber das haben dir sicher schon unzählige schöne Damen gesagt."

Der Herzog hätte gern erwidert, er wäre zwar mit vielen

schönen Frauen beisammen gewesen, doch könnte man seine Beziehung zu ihnen wohl kaum als spaßig bezeichnen . . .

Aber mit Honora hatte er eine Menge Spaß. Daran dachte er jetzt wieder, als sie das Haus und die Reitknechte vor sich sahen, die auf die Pferde warteten.

„Es war ein anstrengender Tag, Honora“, meinte Ulric. „Du solltest dich vor dem Dinner hinlegen, während ich mein Gehirn aufpoliere, um einer weiteren Unterhaltung mit dir gewachsen zu sein.“

„Das ist unfair, denn dann wärst du mir gegenüber im Vorteil, und ich würde mir wie ein armseliges, unwissendes Ding vorkommen.“

„Damit ist dir keine besonders treffende Beschreibung deiner eigenen Persönlichkeit gelungen. Ich werde mir bis zum Essen eine bessere einfallen lassen.“

Er sah das Grübchen in ihrer Wange, als sie ankündigte: „Gut, ich werde mich hinlegen – aber wachbleiben und mir überlegen, wie ich meinen Herrn und Meister amüsieren kann.“

Der Herzog gab keine Antwort, denn in diesem Augenblick eilten die Reitknechte herbei, um die Zügel der Pferde zu ergreifen. Er stieg ab und hob seine Frau aus dem Sattel. Dabei merkte er wieder, wie leicht sie war. Trotzdem konnte sie die wildesten, widerspenstigsten Pferde bändigen, und das bewunderte er.

Sie stiegen die Eingangsstufen hinauf, und an der Tür sagte Honora: „Danke für diesen himmlischen Tag.“ Sie schaute zu ihm auf, und ihm war, als hätten ihre Augen den Sonnenschein eingefangen. Nie zuvor hatte er eine Frau, die nicht in seinen Armen gelegen hatte, so glücklich gesehen.

In der Halle angekommen, stieg Honora die Treppe

hinauf, und der Herzog übergab seinen Hut, die Handschuhe und die Reitpeitsche einem Lakaien. Dann ging er in die Bibliothek, einen hübschen Raum mit hohen Bücherregalen, zwischen denen Pferdebilder von Stubbs hingen.

Wie erwartet lagen mehrere Briefe auf dem Schreibtisch. Die Post war erst eingetroffen, nachdem er am Morgen mit Honora das Haus verlassen hatte. Auf einem Stuhl neben dem Kamin stapelten sich Zeitungen. Ulric sah die Briefe durch, die ihn nicht interessierten, und beschloß, diese Lektüre auf später zu verschieben und erst einmal die Zeitungen zu studieren. Er setzte sich vor den Kamin und dachte, wie angenehm es gewesen war, ein paar Tage lang nichts von der gesellschaftlichen und der politischen Welt zu erfahren.

Zu seiner Überraschung ging die Tür auf, und der Butler meldete: „Die Gräfin von Langstone, Euer Gnaden."

Langsam legte Ulric die Zeitung beiseite, die er soeben aufgeschlagen hatte, und stand auf.

Aline eilte in die Bibliothek. Sie sah hinreißend aus in ihrem rosa Seidenkleid mit dem passenden Cape. Sobald der Butler die Tür hinter sich geschlossen hatte, streckte sie dem Herzog beide Hände entgegen und verkündete in jenem verführerischen Ton, den sie immer anschlug, wenn sie mit ihm allein war: „Ulric, Liebling, ich mußte dich sehen!"

Er ignorierte die ausgestreckten Arme. „Was machst du hier, Aline?"

„Ich bin auf dem Weg zu den Stillingtons, und da ich dabei praktisch an deiner Tür vorbeikomme, hatte ich eine großartige Ausrede, um dich zu besuchen und dir zu sagen, wie sehr ich dich vermisse, mein Liebster."

Der Herzog wußte sehr wohl, daß sie auf ihrer Reise einen Umweg von mindestens fünfzehn Meilen in Kauf genommen hatte. In seine Augen trat ein harter Ausdruck, der sie verwirrte. „Ich finde, das war sehr indiskret von dir, Aline. Wenn es sich herumspricht, wird es zweifellos Gerede geben."

Die Gräfin zuckte mit den Schultern. „Falls irgend jemand davon erfährt, was ich für unwahrscheinlich halte, werde ich sagen, ich hätte dir wichtige Hochzeitsgeschenke gebracht – die übrigens draußen in der Halle liegen. George fährt mir erst morgen zu den Stillingtons nach."

„Ich verbringe hier meine Flitterwochen mit Honora, und deshalb war es ein großer Fehler von dir, hierherzukommen, Aline."

„Sei doch nicht so abweisend, Liebling!" Sie trat näher zu ihm. „Ich bin hier, und ich will hören, daß du dich über meinen Besuch freust und mich immer noch liebst." Lächelnd hob sie ihr Gesicht zu ihm, und die verführerische Herausforderung in ihren Augen war nicht zu übersehen.

Aber der Herzog reagierte nicht darauf und starrte sie nur an, auf eine Art und Weise, die sie in zunehmendem Maße irritierte. Sie wußte nichts von der plötzlichen Erkenntnis, die ihn in diesem Moment überraschte – so unglaublich es auch scheinen mochte: Aline Langstone reizte ihn nicht mehr. Auf einmal fand er sie weder schön noch begehrenswert.

Im Lauf der Zeit hatte sich der Herzog daran gewöhnt, daß alle seine Affären irgendwann zu Ende gegangen waren. Aber nie zuvor von einem Augenblick zum anderen, mit einer so absoluten Endgültigkeit wie jetzt, in dieser Sekunde. Es kam ihm beinahe so vor, als wäre mitten während eines Theaterakts der Vorhang gefallen.

Früher hatte sie ihn so mühelos erregen können, und er war der Meinung gewesen, ihre Schönheit würde ihn nicht nur als Mann, sondern auch als Kenner interessieren. Nun verstand er nicht, warum sie überhaupt keine zärtlichen Gefühle in ihm weckte – nur Ärger.

Er war wütend, weil sie es gewagt hatte, ihm hierher aufs Land zu folgen, und so unverschämt war, in dieses Haus einzudringen – zu Beginn seiner Flitterwochen. Sollte das den Klatschbasen zu Ohren kommen, würden sie ihren Verdacht bezüglich seines Verhältnisses mit Aline bestätigt sehen.

Weil Aline zu wissen glaubte, wie sie ihn um den Finger wickeln konnte, wenn er böse war, legte sie eine Hand auf seine Schulter. Verführerisch öffnete sie die Lippen, was er früher unwiderstehlich gefunden hatte. Der sinnliche Glanz, der aus ihren Augen strahlte, hatte ihn noch vor kurzer Zeit alles andere vergessen lassen. Nun empfand er überhaupt nichts. Er war sich nur der Notwendigkeit bewußt, diese Frau loszuwerden, bevor Honora ihre Anwesenheit bemerkte.

Plötzlich fiel ihm ein, auf welche Weise Aline ihre Nichte gezwungen hatte, ihn zu heiraten – mit der Drohung, sie sonst in ein Kloster zu schicken. Wie konnte ein Mensch so grausam sein – noch dazu ein Mensch, der ihm einmal etwas bedeutet hatte?

Er glaubte eine Frage zu hören – fast so, als würde Honora sie stellen. Ist sie eine gute oder eine schlechte Frau? Darüber brauchte er nicht nachzudenken. Aline war durch und durch schlecht, und das hätte ihm der Instinkt seines Herzens schon längst sagen müssen.

Ulric trat einen Schritt zurück und erklärte mit eisiger Stimme: „Ich werde dir keine Erfrischung anbieten, Aline, denn ich finde, du solltest jetzt gehen."

Entgeistert starrte sie ihn an, dann blickte sie auf ihre Hand hinab, die von seiner Schulter geglitten war. „Soll das heißen, daß sich deine Gefühle für mich geändert haben, Ulric?“

„Meine teuere Aline, willst du unbedingt eine Grabrede auf die Vergangenheit hören? Wie du weißt, bin ich nun ein verheirateter Mann, und es wäre schade, wenn die freundschaftliche Beziehung zwischen den Verwandten meiner Frau und mir gestört würde.“

Aline schnappte nach Luft. „Wie kannst du so mit mir reden? Bist du verhext? Was ist geschehen? Was hat dich innerhalb weniger Tage so verändert, daß du nun unser gemeinsames Glück mit Füßen trittst?“

„Für dieses ‚Glück‘, wie du es nennst, habe ich dir stets gedankt, Aline. Und nun will ich dich zu deinem Wagen begleiten. Du hast eine lange Fahrt vor dir, wenn du das Haus der Stillingtons noch heute erreichen willst.“ Ehe sie ihn zurückhalten konnte, ging er an ihr vorbei zur Tür.

Flehend streckte sie eine Hand nach ihm aus. „Ulric! Ulric!“

Ihre Stimme schien im ganzen Raum zu vibrieren, und er fürchtete, man könnte sie hören. Seine Augen waren hart wie Stahl. „Reiß dich zusammen, Aline. Wie wir beide wissen, klatschen alle Dienstboten.“

Das Blut stieg ihr in die Wangen, und ihre Augen verengten sich. „Oh, wie ich dich hasse . . .“

Er öffnete die Tür und ging in die Halle hinaus. Weil ihr nichts anderes übrigblieb, folgte sie ihm, und er sagte so laut, daß es der Lakai an der Haustür hören konnte: „Es war sehr freundlich von dir, mir diese Hochzeitsgeschenke zu bringen, Aline. Du hast recht, sie sind überaus wichtig. Honora und ich werden sofort unsere Dankesbriefe schreiben.“ Während sie Seite an Seite weitergingen, fuhr er fort: „Welch ein Pech, daß du nicht warten kannst, bis Honora herunterkommt! Wir sind eben erst von einem

Ausritt zurückgekehrt, und nun ist sie müde und ruht sich aus. Sicher wird sie sehr traurig sein, weil sie deinen Besuch verpaßt hat.“ Sie verließen das Haus, und auf den Eingangsstufen setzte der Herzog hinzu: „Bitte, richte deinem lieben Mann herzliche Grüße aus. Natürlich werden Honora und ich ihm bald schreiben, um uns für den großartigen Hochzeitsempfang zu bedanken.“

Förmlich zog er die Hand der Gräfin an seine Lippen, dann trat er zurück und überließ es ihrem Lakaien, ihr in die Kutsche zu helfen. Die Tür fiel zu, der Lakai sprang auf das Trittbrett, und die Pferde trabten davon.

Ulric schaute dem Wagen nicht nach, machte auf dem Absatz kehrt und ging wieder ins Haus. Er hatte einen schweren Kampf siegreich bestanden – bedauerlicherweise nicht, ohne dem Feind schmerzhafte Wunden zuzufügen.

Ulric trank nur selten Portwein. Nach dem Dinner verließ er mit Honora das Speisezimmer und ging mit ihr in den Salon, wo der Butler einen Brandy einschenkte und das Glas seinem Herrn auf einem Silbertablett servierte.

Der Herzog nahm es entgegen und stellte es dann auf einen Tisch, als ihn der Mann mit Honora allein gelassen hatte. „Ich möchte dir einen Vorschlag machen, meine Liebe.“

Sie war zum Klavier gegangen, um etwas für ihn zu spielen, wie am vergangenen Abend.

Gestern hatte sie Stücke von Chopin und Schubert zum besten gegeben, bis Ulric gesagt hatte: „Und jetzt möchte ich ein Werk von dir hören.“

„Das widerstrebt mir – nachdem soeben die herrliche Musik dieser großen Meister erklungen ist. Du wirst meine Kompositionen minderwertig finden.“

„Ich glaube, sie werden mir einiges über dich verraten – etwas, das du mir aus Schüchternheit nicht sagen willst."

Überrascht hob sie die Brauen, dann fragte sie herausfordernd: „Vielleicht wäre es ein Fehler, dich in mein Herz blicken zu lassen."

„Ich dachte, es gibt keine Geheimnisse zwischen uns."

„Manche Dinge sind so geheim, daß man sie niemandem anvertrauen kann."

„Genau die interessieren mich."

„Warum?"

Er zögerte. „Das erkläre ich dir ein andermal. Spiel mir jetzt etwas vor."

„Nun muß ich aufpassen, daß meine Finger nicht zuviel erzählen", meinte sie lächelnd.

Aufmerksam hörte er ihr zu, bis sie sagte: „Ich bin müde und würde gern nach oben gehen."

„Natürlich."

Sie hatte den Eindruck gewonnen, er wäre mit seinen Gedanken ganz woanders, und sie hatte keine Fragen stellen wollen, um nicht aufdringlich zu erscheinen. Aber im Bett hatte sie noch lange überlegt, was ihn beschäftigen mochte.

Jetzt wandte sie sich vom Klavier ab und sagte: „Du schaust so ernst drein."

„Ich *bin* ernst."

Wenn sie es auch nicht zu wissen schien – sie sah zauberhaft aus in ihrem hellblauen Gazekleid. Es hatte die Farbe eines klaren Sommerhimmels. Im Gegensatz zum konventionellen Stil war es nicht mit rosa Blümchen geschmückt, sondern mit weißen Rosenknospen, die Ulric wie ein Symbol ihres Wesens erschienen.

Diese wenigen Tage in idyllischer Zweisamkeit hatten ihm bewiesen, daß sie nicht nur sehr jung und unerfahren, sondern so unschuldig war, daß sie das Böse nicht erkannte, obwohl ihr Instinkt es zweifellos fühlte. Diese Unschuld wollte er beschützen vor Menschen wie Aline Langstone – bis er Honora behutsam an die Realitäten des Lebens herangeführt hatte, denen sie früher oder später ins Auge blicken mußte.

Weil er so lange schwieg, fragte sie unsicher: „Habe ich irgend etwas falsch gemacht?"

„Natürlich nicht." Ulric streckte eine Hand aus und zog sie neben sich auf das Sofa. Dabei spürte er, wie sie zitterte, und umfaßte ihre Finger noch fester. „Wir waren sehr glücklich hier in diesen paar Tagen. Deshalb schlage ich dir vor – obwohl es dir vermutlich mißfallen wird –, daß wir einen Ort aufsuchen, wo es noch ruhiger ist als hier." Er sah ihre verwirrte Miene und fügte hinzu: „Ich fürchte, wenn wir hierbleiben, bekommen wir viel zu oft Besuch."

Sie senkte den Kopf, eine leichte Röte überzog ihre Wangen. „Ich habe gehört, daß Tante Aline heute hier war – und bald wieder ging."

„Sie hat nur ein paar Hochzeitsgeschenke abgegeben, für die wir uns möglichst bald bedanken sollten."

„Wollte sie – mich nicht sehen?"

„Sie hatte keine Zeit."

„Da bin ich aber froh!" stieß sie spontan hervor, dann biß sie sich auf die Unterlippe. „Vielleicht findest du es nicht richtig, daß ich so etwas sage, aber – das ist so ein glückliches Haus, und ich fürchte, sie könnte dieses Glück zerstören."

„Niemand darf das – weder Aline noch sonst jemand. Deshalb dachte ich, wir könnten nach Schottland fahren. Ich besitze ein Haus im Norden von Sutherland, das ich meistens im August oder September aufsuche. Es ist klein, aber komfortabel, und es liegt völlig abgeschieden.

Um diese Jahreszeit gibt es viele Lachse im Fluß, und das Heidekraut fängt an zu blühen."

Honoras Augen leuchteten auf. „Oh, ich wäre so gern mit dir in Schottland! Papa hat mir oft erzählt, wie gut es ihm dort gefiel, und es wäre wunderbar, das alles – mit dir zu sehen."

„Dann brechen wir gleich morgen früh auf. Wir werden auf dem bequemsten Weg reisen – an Bord eines Schiffes."

„Wie aufregend! Ich – ich bin dir so dankbar für diese großartige Idee!"

Er hielt Honoras Hand immer noch fest. „Hast du es ernst gemeint, als du sagtest, du wärst gern – mit *mir* in Schottland? Bin ich denn wichtig für dein Glück?"

„Natürlich! Du warst in den letzten Tagen so freundlich und verständnisvoll, daß ich das Gefühl habe . . ."

Sie verstummte, als fürchtete sie, etwas Falsches zu sagen, und er fragte leise: „Willst du deinen Satz nicht beenden?" Sie schüttelte den Kopf, und er bat: „Sieh mich an, Honora!"

Zögernd gehorchte sie, und das Zittern ihrer Hand verriet ihm, daß sie zum erstenmal die Ausstrahlung seiner Männlichkeit fühlte.

„Soll ich dir etwas sagen?" flüsterte er.

Schweigend nickte sie, sah ihn unverwandt an, und er fuhr fort: „Du hast mir erklärt, du wärst heute sehr glücklich gewesen. Auch ich war in all diesen Tagen so glücklich wie nie zuvor, Honora. Und ich glaube, was wir beide empfinden, ist das Erwachen einer großen Liebe."

Es war ihr unmöglich, ihren Blick von ihm abzuwenden. Er beobachtete, wie ihr das Blut ins Gesicht stieg, wie die Morgenröte zu Tagesanbruch über den Himmel glitt, und es war das Schönste, was er je gesehen hatte.

Ihre Finger schlossen sich um seine Hand, und er sah, daß ihr das Atmen schwerfiel, als er ihr sagte: „Ich liebe dich, Honora – aber ich hatte Angst, dieses Geständnis könnte dich erschrecken."

„O nein, es erschreckt mich keineswegs, nur – bist du dir auch sicher, daß du mich wirklich liebst?"

„Ganz sicher. Und jetzt verrat mir, was du für mich empfindest."

Sie senkte den Blick, denn während sie antwortete, konnte sie ihm nicht in die Augen sehen. Dunkel zeichneten sich ihre langen Wimpern auf ihren zarten Wangen ab. „Unser Beisammensein ist so schön – so vollkommen. So etwas habe ich nie zuvor erlebt."

„Und wieso ist es anders als diese bisherigen Erfahrungen?"

Sekundenlang fürchtete er, sie könnte die Wahrheit verschweigen, doch da wisperte sie: „Weil – *du* bei mir bist."

„Mein Schatz, genau das fühle ich auch für dich." Er nahm sie in die Arme. Dies war der kostbarste Moment seines bisherigen Lebens. Er kannte nur noch einen Wunsch – Honora zu beschützen, für sie zu sorgen, sie über alles zu lieben.

Er zog sie noch fester an sich und flüsterte: „Weißt du ganz genau, daß du dich nicht mehr vor mir fürchtest?"

„Ich liebe dich – und ich wußte vorher nicht, wie die Liebe ist."

„Und wie ist sie?"

„Wie die Sonne – wie Musik – wie die Schönheit von Blumen und Bäumen, und natürlich wie der Himmel." Bei den letzten Worten bewegte sie kaum die Lippen, und er wußte, warum – sie sehnte sich nach einem Kuß.

Seine Lippen berührten die ihren, und ihr Mund war so

weich, schmeckte so süß und unschuldig. Nie hätte er für möglich gehalten, daß es so etwas geben könnte. Was er jetzt empfand, war ein reines, vollendetes Glück – und schöner als alles, was er je zuvor verspürt hatte.

Zunächst küßte er Honora sehr behutsam. Erst als sie sich an ihn schmiegte und ihre Kapitulation nicht länger verbarg, wurden seine Lippen leidenschaftlicher. Nach einer Weile hob er den Kopf. „Ich liebe dich, meine zauberhafte, anbetungswürdige Frau, und auch du mußt mir noch einmal sagen, was in dir vorgeht."

„Ich liebe dich", beteuerte Honora, „und meine Liebe erfüllt die ganze Welt. Es gibt nichts mehr außer dir."

Ulric küßte sie voller Sehnsucht, und als sie wieder zu Atem gekommen war, fragte sie: „Seit wann weißt du, daß du mich liebst?"

„Seit ich meine ohnmächtige kleine Honora die Treppe hinauftrug. Da wußte ich, daß ich dich immer beschützen und vor allen Gefahren bewahren möchte."

„Und danach warst du so lieb und verständnisvoll . . ."

„Ich dachte, du würdest mich brauchen, mein Schatz."

„O ja, ich habe dich dringend gebraucht."

„Und dann wuchs meine Liebe mit jedem Augenblick, den ich gemeinsam mit dir verbrachte. Schließlich konnte ich dieses Geheimnis nicht länger für mich behalten."

„Sag mir noch mal, wie sehr du mich liebst!"

Er hauchte einen Kuß auf ihre Lippen, dann erhob er sich und zog sie auf die Beine. „Wollen wir nach oben gehen, mein Engel?" Als er sah, wie ihr Atem stockte, versicherte er rasch: „Ich werde nichts tun, was du nicht willst, mein Liebes, aber . . . Küsse mögen zwar wundervoll sein, doch sie sind nur der Anfang der Liebe. Ich muß dir noch so viel beibringen."

Sie preßte das Gesicht an seinen Hals, und er konnte ihr

Flüstern kaum hören. „Ich will alles lernen, und ich wünsche mir ein Baby von dir – mit meinem ganzen Herzen."

„Das hat keine Eile", erwiderte der Herzog lächelnd. „Aber wenn wir ein Kind bekommen, wird es wunderschön sein – ein Kind unserer innigen Liebe."

„Ganz bestimmt wird es unglaublich schön sein – denn alles, was ich für dich empfinde und was du für mich fühlst, ist so himmlisch, daß es ein Geschenk Gottes sein muß."

Weil es nichts mehr gab, was er in Worten ausdrücken konnte, sagte er es mit Küssen. Früher war in solchen Augenblicken – wenn er eine Frau in den Armen gehalten hatte – immer wilde Begierde in ihm aufgestiegen. Doch im Hintergrund seines Bewußtseins hatte er geahnt, daß dies keine echte Liebe gewesen war. Nicht jene Liebe, von der die Dichter schrieben, die aus den großen Werken der Musiker und Maler sprach.

Jetzt – zum erstenmal in seinem Leben – verstand er all diese Dinge, hatte sie gefunden in diesem kleinen Geschöpf, das fast noch ein Kind war und erst zur Frau erweckt werden mußte. Und diese Knospe in eine voll erblühte Blume zu verwandeln – dies würde unendlich beglückend sein.

Honora war alles, was ein Mann suchte und ersehnte – eine Frau, die ihm allein gehörte, unberührt und unverdorben. Ihm war zumute, als läge ein vollkommen weißes, makelloses Blatt vor ihm, auf dem er nun schreiben durfte. Und was er schrieb, würde ihr weiteres gemeinsames Leben bestimmen. Sekundenlang machte ihm die Wichtigkeit seiner Aufgabe fast angst. Plötzlich schämte er sich seiner Vergangenheit, der vielen Dinge, die er getan hatte und die ihm billig und seiner eigentlichen Ideale unwürdig erschienen. Und um Honora eine vollkommen schöne Zukunft zu bieten, durfte er nicht zulassen, daß seine Vergangenheit sie in irgendeiner Weise berührte. Während er sie küßte, betete er inbrünstig wie schon seit Jahren nicht mehr und bat Gott, ihm beizustehen, damit er die geliebte Frau nicht enttäuschen würde.

„Oh, wie ich dich liebe!“ flüsterte sie. „Du bist alles, was ich mir je erträumt habe – und was ich verloren glaubte, als ich dich heiraten mußte.“

„Bereust du, daß du meine Frau geworden bist?“

Sie lachte leise. „Was für eine alberne Frage . . .“ Plötzlich hielt sie den Atem an. „Wenn ich nun aus lauter Angst vor dir Nonne geworden wäre . . .“

Statt einer Antwort verschloß er ihr den Mund mit einem leidenschaftlichen Kuß, der ihr deutlich sagte, wie schrecklich ihm der Gedanke war.

Schweigend gingen sie zur Tür, als bedurften ihre gemeinsamen Wünsche keiner Worte mehr. Hand in Hand stiegen sie die Treppe hinauf. Vor Honoras Schlafzimmer schauten sie sich lächelnd an, und wieder wußte jeder, was der andere wollte, ohne daß es ausgesprochen werden mußte. Der Herzog ging in sein Zimmer, wo der Kammerdiener wartete, und Honora betrat ihr Boudoir.

Emily glaubte, ihre Herrin wäre müde und wollte sich nicht unterhalten. Deshalb kleidete sie Honora rasch aus.

Als das Mädchen gegangen war, lag Honora in dem großen, breiten Bett und wartete, bis sich die Verbindungstür öffnete. Eine seltsame Erregung erfüllte sie, als würden lauter kleine Sonnenstrahlen durch ihren Körper dringen und Akkorde anschlagen, die ringsum zu erklingen schienen. Es war eine Musik, die sie teilweise schon komponiert hatte, aber heute kamen neue Melodien hinzu. Melodien voller betörender Wunder – Melodien, die nach den Sternen griffen.

Ulric trat ein, und bei seinem Anblick erkannte sie, wie sehr sie ihn begehrte, wie sehr sie ihn liebte – und wie groß seine Angst war, sie zu erschrecken.

Sekundenlang kam es ihr so vor, als müßte sie ihn beschützen. Lächelnd streckte sie ihre Arme nach ihm aus. „Ich habe auf dich gewartet."

Er schloß die Tür hinter sich. „Ich hatte gehofft, daß du das sagen würdest, mein Liebling. Als du gestern abend für mich Klavier gespielt hattest, mußte ich mich sehr beherrschen, um nicht in dein Zimmer zu stürmen und dir zu sagen, wie sehr ich mich nach dir sehnte."

„Und – warum hast du's nicht getan?"

„Weil ich fürchtete, es wäre zu früh und du könntest glauben, wir wären zu schnell von Haß zu Liebe übergegangen."

„Ich hätte gestern abend dasselbe empfunden wie heute."

Er setzte sich auf den Bettrand, und als er sie eine Zeitlang schweigend betrachtet hatte, fragte sie unsicher: „Was denkst du jetzt?"

„Ich frage mich, warum du so anders bist als alle Frauen, die ich jemals kannte. An deiner Schönheit liegt es nicht."

„Und woran liegt es?"

„Es muß deine Güte sein. Und ich bin nur sehr wenigen wahrhaft guten Frauen begegnet."

„Wie lieb, daß du das sagst. Ich will mich bemühen, immer so gut zu sein, daß du stolz auf mich bist."

Er nahm sie in die Arme, küßte sie aber nicht, wie sie es erwartet hatte, sondern legte seine Wange an die ihre. „Auch ich will gut sein – und dabei mußt du mir helfen."

„Das wird mir nicht schwerfallen, weil unsere Liebe von Gott kommt."

„Ich weiß, aber wir müssen auf der Erde leben, mein Schatz, und manchmal ist es schwierig, den Menschen, die nicht so liebenswert sind, Liebe zu schenken. Und es gibt immer wieder Versuchungen zwischen Gut und Böse."

Während er sprach, dachte er, daß er in den vergangenen Jahren viel zuviel Zeit an das Böse verschwendet hatte. Und nun war wie ein Himmelsgeschenk Honora in sein Leben getreten – so rein und gut und unschuldig, daß er beinahe fürchtete, sein bisheriger Lebenswandel könnte dieses Glück zerstören.

Als wüßte sie, was ihn bewegte, schlang sie die Arme um seinen Hals und flüsterte. „Ich liebe dich – und weil ich fühle, was du denkst, weiß ich, daß alles an dir gut und wunderbar ist."

Überwältigt hielt er den Atem an, dann suchten seine Lippen die ihren. Er küßte sie, bis ihr ganzer Körper aus Musik zu bestehen schien. Sie schmiegte sich fest an ihn, und er erriet ihre Wünsche. Langsam, als hätte er immer noch Angst, sie zu erschrecken, zog er seinen Morgenmantel aus und legte sich neben sie. Und als sie sich in seine Arme schmiegte, wußte er, daß die Liebe zwischen ihnen alle Probleme überwinden, alles besiegen würde, was falsch und böse war. Dies war die Liebe, die von Gott kam, die ihnen nun gehörte für alle Ewigkeit.

„Mein Engel", flüsterte Ulric heiser, dann küßte er sie wieder, fühlte ihr Herz an seinem schlagen, fühlte den Sonnenschein, die Musik, die sie umgab, und wurde mit seiner geliebten Frau emporgetragen in ein Paradies. .